Das Einhorn in Paris

Horst-Dieter Radke

Das Einhorn in Paris

Phantastische Erzählungen

Bibliografische Information der Deutschen Nationalbibliothek:
Die Deutsche Nationalbibliothek verzeichnet diese Publikation
in der Deutschen Nationalbibliografie; detaillierte bibliografische
Daten sind im Internet über http://dnb.dnb.de abrufbar.

Umschlaggrafik U1: Jörg Lingrön, Potsdam
Umschlaggrafik U2: Wikimedia Commons, Public Domain

Herstellung und Verlag: BoD – Books on Demand, Norderstedt

ISBN: 978-3-7460-3685-4

Inhalt

Das Einhorn

Der Heilige hob das Haupt, und das Gebet
fiel wie ein Helm zurück von seinem Haupte:
denn lautlos nahte sich das niegeglaubte,
das weiße Tier, das wie eine geraubte
hülflose Hindin mit den Augen fleht.

Der Beine elfenbeinernes Gestell
bewegte sich in leichten Gleichgewichten,
ein weißer Glanz glitt selig durch das Fell,
und auf der Tierstirn, auf der stillen, lichten,
stand, wie ein Turm im Mond, das Horn so hell,
und jeder Schritt geschah, es aufzurichten.

Das Maul mit seinem rosagrauen Flaum
war leicht gerafft, so daß ein wenig Weiß
(weißer als alles) von den Zähnen glänzte;
die Nüstern nahmen auf und lechzten leis.
Doch seine Blicke, die kein Ding begrenzte,
warfen sich Bilder in den Raum
und schlossen einen blauen Sagenkreis.

Rainer Maria Rilke

Das Verschwinden des Einhorns

Es ranken sich viele Mythen und Sagen um das Verschwinden des Einhorns. Jäger haben die Sympathie des Fabelwesens für unschuldige junge Frauen genutzt, ihm aufgelauert und es gefangen oder erlegt – sagen die einen. Es sei einfach verblasst, weil die Menschen nicht mehr an Einhörner geglaubt haben – sagen die anderen. Einhörner habe es nie gegeben, sie seien eine Ausgeburt der menschlichen Fantasie, von Anfang an – sagen die Zweifler. Die Einhörner mussten verkümmern und verhungern, weil durch die Vereinnahmung der Welt durch den Menschen kein Platz mehr für sie blieb – sagen die Pessimisten.

Tatsächlich könnte es sich aber so verhalten haben: Gegeben hat es immer nur ein Einhorn. Es ist durch die Jahrmillionen gewandert, die auch der Mensch gegangen ist von dem Zeitpunkt an vor fast vier Millionen Jahren, als der erste Australopithecus sich erhob, gelegentlich die Wälder verließ und aufrecht durch die Savanne streifte. Es begleitete den Homo habilis, den Homo erectus und letztendlich den Homo sapiens so lange, bis dieser sich nicht nur von den Zwängen seiner Umgebung befreit, sondern sogar begonnen hatte, diese seinen Bedürfnissen zu unterwerfen. Als die Pyramiden in den Himmel wuchsen, in Babylon die hängenden Gärten entstanden, der Koloss von Rhodos sein Licht weit über das mittlere Meer strahlte, die Menschen begannen, Gänge tief in die Berge zu schlagen, um Erz und Edelstein hervorzuholen, da zog sich das Einhorn in die dunklen Wälder zurück, die noch von Menschenhand unberührt waren. Später kehrte es dann und wann zurück, um seinen Kopf und das Horn in den Schoß einer vertrauensvollen Jungfrau zu legen. Aber als der zunächst einstimmige Choral des großen Gregor in den Stimmen auseinanderstrebte und die Kathedralen immer höher in den Himmel wuchsen, da verschwand das Einhorn aus dieser Welt, um in einer anderen aufzutauchen, auf der gerade ein neues Wesen begann, sich auf zwei Beine aufzurichten und verwundert seine Umgebung aus einer neuen Perspektive zu betrachten.

Die Menschen hatten das Einhorn nicht beachtet, als es noch die Welt bereicherte. Seitdem es fort ist, sehnen sie sich nach ihm, malen von ihm Bilder, dichten Sonette und erzählen Geschichten, suchen das Horn, von dem sie Wundersames glauben – und haben dabei doch mehr vergessen, als sie je gewusst haben.

Das Einhorn in Paris

Eines Tages hatte das Einhorn das Bedürfnis, wieder auf der Erde zu erscheinen und zu schauen, was sich dort verändert hat. Kraft seiner Fähigkeit, allein durch den Wunsch dort zu erscheinen, gelangte es nach hunderten von Jahren wieder auf die Erde. Warum es gerade Paris sein musste als Ausgangspunkt für seine Erkundungen, war ihm selbst nicht wirklich klar. Vielleicht deshalb, weil es sich an diese Stadt erinnerte, etwa wie es ehemals durch den Bois de Boulogne oder den Bois de Vincennes gestreift war und so manche Jungfrau dort aufgespürt hatte; trotz des Lärms, des Gestanks, der Verkommenheit, die in Paris herrschten und für die Paris selbst nichts konnte. Jedenfalls erschien es an einem Freitagnachmittag um fünf Uhr vor dem Arc de Triomphe und sah sich von lautem und stinkendem Verkehr umgeben. Es hörte das Hupen der Autos, roch die Abgase, beobachtete die hastenden Menschen und war für einen Augenblick gefangen von dem, was es umgab.

Zwei Menschen aber erkannten das Einhorn. Für alle anderen blieb es unsichtbar.

Madeleine, eine vierundzwanzigjährige Dolmetscherin, nach einem anstrengenden Tag in einer international agierenden Wirtschaftskanzlei auf dem Weg in ihre kleine Wohnung, hielt inne, als das Einhorn vor dem Arc de Triomphe auftauchte. Sie glaubte nicht, was sie sah – dennoch hätte sie es gern geglaubt. Deshalb hielt sie den Atem an, um sich diesen Tagtraum so lange wie möglich zu gönnen.

Philippe, ein sechsundzwanzigjähriger Kleinkrimineller, gerade auf dem Weg zu einem Treffen, bei dem ein großer Coup vorbereitet werden sollte, hielt so abrupt an, dass ein älterer Mann, der hinter ihm ging, fast auf ihn geprallt wäre. Dieser Mann zog sich ein wenig zurück, behielt jedoch Philippe im Auge.

Davon merkte Philippe nichts, da er mit offenem Mund auf die für ihn völlig neue Erscheinung starrte. Er hatte bislang weder von einem Einhorn gehört noch etwas gelesen. Für ihn war das einfach ein weißes Pferd mit Horn, was da vor ihm aufgetaucht war.

Das Einhorn jedoch nahm Madeleine und Philippe war, dachte für einen Moment, dass es doch richtig gewesen sei, einen Besuch auf der Erde gewünscht zu haben, und verschwand mit dem Vorsatz, beide für eine Weile nicht aus den Augen zu lassen.

Madeleine erzählte später, sie habe geglaubt, dass es plötzlich die Flügel ausgebreitet hätte und in den Himmel geflogen sei. Philippe berichtete, dass es mit einem großen Sprung über die Straße gesetzt und blitzschnell die Avenue des Champs-Élysées entlang galoppiert sei, bis es sich unsichtbar gemacht oder in Luft aufgelöst habe.

*

Madeleine stammte nicht aus Paris. Sie wurde in Magny-en-Vexin, nordwestlich von Paris gelegen im Arrondissement Pontoise, in der Region Île-de-France geboren, verlor ihre Eltern durch einen Unfall und kam, kaum sechs Jahre alt, in die Obhut einer Tante in die Hauptstadt. Tante Josephine war verwitwet, teilte aber ihre knappe Rente ohne zu klagen mit der kleinen Madeleine und schenkte ihr all die Liebe, zu der sie noch fähig war. Es war nicht viel, aber da es ihr an Bosheit vollständig mangelte, gab sich das Kind schnell damit zufrieden und liebte die Tante von ganzem Herzen. Sie war gut in der Schule, erlangte anschließend ihr Diplom als Übersetzerin für Englisch und Russisch mit Auszeichnung und fand eine Stelle in einer renommierten Wirtschaftskanzlei. So konnte sie sich bald eine kleine Wohnung leisten und die Tante ein wenig unterstützen.

Auf Männerbekanntschaften verzichtete Madeleine. Nicht, dass sich niemand für sie interessiert hätte – ihre hübsche, schlanke Erscheinung, unterstützt durch das dunkle, kurzgeschnittene Haar wie einst Jean Seberg in ihren Filmen, ließ manchen jungen Mann aufmerksam hinschauen und jeder, der Madeleine etwas zulange in ihre warmbraunen Augen schaute, glaubte anschließend, nie ein anderes Mädchen geliebt oder begehrt zu haben.

Als das Einhorn auftauchte, war Madeleine noch Jungfrau. Die Schuld daran trug ein Junge, in den sie sich in ihrer Schulzeit hoffnungslos verliebt glaubte. Und er in sie – dachte sie zunächst. Dann hörte sie zufällig, wie ihr Angebeteter bei einem Freund damit prahlte, dass er sie noch am gleichen Abend flachlegen wolle, so wie er es zuvor mit Brigitte, Juliet, Nathalie und Nicole gemacht hätte. Sofort brach Madeleine die Verbindung zu ihm ab. Mit Nicole übrigens auch, die sie zuvor für eine gute Freundin gehalten hatte. Madeleine beschloss, sich nie wieder in einen Mann zu verlieben, denn die hätten ihre Liebe nicht verdient. Dass sie nur einem Prahlhans zugehört hatte und Nicole keineswegs dessen Opfer war, erfuhr sie nie. Beide wunderten sich nur, dass Madeleine von heute auf morgen keine Zeit mehr für sie hatte.

*

Philippe wuchs mit einem alkoholkranken Vater auf und einer depressiven Mutter. Deshalb musste sich Philippe um seinen jüngeren Bruder Stéphane kümmern. Als Philippe neun war, erhängte sich die Mutter. Vom Vater bekam er nur Prügel und irgendwann landete Stéphane in einem Heim. Philippe machte gerade eine Ausbildung zum Automechaniker, nachdem er zuvor die Schule ohne Abschluss geschmissen hatte, aber als er erfuhr, dass auch er ins Heim sollte, tauchte er unter. Die Kollegen in der Werkstatt sahen ihn nicht wieder.

Es war aber nicht nur die Angst vor dem Zugriff der Behörden, die Philippe die Ausbildung in der Werkstatt abbrechen ließ. Seiner Meinung nach hatte er bereits alles gelernt, was ihm Meister und Gesellen beibringen konnten. Er hatte keine Lust, noch länger deren Schikanen zu ertragen. Von einem Freund hatte er das Angebot bekommen, in anderen Kreisen seine Fertigkeiten einzubringen, und so frisierte er bald schon Autos oder bereitete gestohlene Luxuswagen für den Verkauf vor. Außerdem traf er in dieser Werkstatt auf einen Gesellen, der ihm die Kunst der Schlosserei beibrachte, so dass Philippe bereits nach einem Jahr jedes Schloss öffnen konnte. Er übertraf seinen Meister auch hier und lebte gut von den nicht unerheblichen und dazu noch ‚steuerfreien' Einnahmen, wie er gerne sagte. Philippe hätte sich mit der Zeit ein kleines Vermögen beiseitelegen können, wenn er nicht der Versuchung, bei einem großen Geschäft mitzuwirken, erlegen wäre. Für eine Gruppe vermeintlicher Freunde öffnete er sämtliche Türen und Schlösser der Villa eines Industriellen – und wurde festgenommen, wie alle anderen auch. Der Bruch war schlecht geplant gewesen. Die Bewohner der Villa, die im Urlaub sein sollten, wollten tatsächlich erst am nächsten Tag losfahren.

So stand Philippe vor Gericht und wurde zu fünfzehn Monaten Gefängnis verurteilt – mit gerade mal zwanzig Jahren. Ihm wurde klar, dass sein Leben eine Schattenseite hatte, die seinen Vorstellungen von Erfolg und Glück widersprach. Ein milde gesonnener Richter versprach sich von dieser Maßnahme einen erzieherischen Effekt, denn Philippe wirkte recht zerknirscht. Doch die Verhältnisse im Gefängnis bewirkten das Gegenteil. Philippe knüpfte neue Kontakte und ließ sich bald wieder auf die falsche Seite ziehen. Als er nach zwölf Monaten wegen guter Führung entlassen wurde, war seine Karriere vorgezeichnet. Er arbeitete weiter für die Schattenwelt von Paris, vorsichtiger jetzt, aber auch immer verwegener.

*

Als Madeleine Tante Josephine von ihrem Erlebnis erzählte, schüttelte diese verwundert den Kopf.

„Mädchen, was ist in dich gefahren? Du hast den Weißen mit dem Horn gesehen?"

„Ich habe geträumt, dass ich das Einhorn gesehen habe, liebe Tante. Mitten am Tag."

„Das ist kein Unterschied", sagte die Tante.

„Aber doch, aber doch", widersprach Madeleine. „Mitten am Tag habe ich es geträumt. Ich allein. Wäre es wirklich da gewesen, dann hätten es ja auch die anderen gesehen."

„Nein", sagte die Tante. „Nicht jeder kann das Einhorn sehen. Nicht jeder hat es verdient. Ach, was habe ich früher gehofft, dass ich ihm einmal begegnen würde – aber es ist nicht geschehen. Und irgendwann vermutete ich, dass es gar nicht mehr auf der Welt ist. Vielleicht schon lange nicht mehr, denn die Berichte von ihm, die ich gesucht und gesammelt habe, wurden immer unbestimmter und verrückter, je mehr die Jahrhunderte sich unserem näherten. Keiner wusste mehr, was ein Einhorn wirklich ist. Und da habe ich traurig anerkannt, dass es mir nicht mehr beschieden sein wird, diesem Wesen zu begegnen, nach dem ich mich so sehnte."

„Ach, Tantchen", sagte Madeleine. „Sei nicht traurig, das mag ich nicht."

„Ich bin nicht traurig", gab Josephine zurück und lächelte. „Zu dem Zeitpunkt, als ich resignierte, tratst du in mein Leben und das war kein schlechter Ersatz. Wenn ich überhaupt noch ein paar schöne Jahre hatte, dann hatte ich sie durch dich."

Madeleine nahm die Tante in die Arme und drückte sie sacht.

„Und jetzt, kurz bevor ich die Welt verlasse, kommt das Einhorn und begegnet dir. Das ist fast so gut, als wäre es mir geschehen."

Madeleine schüttelte zweifelnd den Kopf, widersprach ihr aber nicht. Wozu auch, dachte sie. Wenn es sie glücklich macht, dann darf sie ruhig an meinen Träumen teilhaben.

*

„Was willst du?", fragte Charles, die Zigarette, als Philippe ihm von seiner Vision erzählte. „Du hast ein weißes Pferd gesehen."

„Einen Schimmel, mit einer Stange vorne auf dem Schädel?" Philippe nickte.

Charles trug seinen Spitznamen ‚die Zigarette' zu Recht. Er war groß und dünn und nie sah man ihn ohne Glimmstängel. Wenn er nicht rauchte, dann steckte eine frische Zigarette zwischen seinen Lippen oder in seinen Fingern. Sie wanderte ein dutzend Mal von der Hand in den Mund und zurück, bis er sie endlich ansteckte und rauchte. Charles war derjenige, der die Objekte für einen Bruch ausbaldowerte, und er verhielt sich als eine Art Übervater für Philippe, achtete darauf, dass der

Junge nirgends übervorteilt oder benachteiligt wurde. Philippe konnte zwar inzwischen selbst gut für sich einstehen, nahm aber diese Geste der Fürsorge gerne an.

„Was hast du vorher geraucht?", fragte Charles zweifelnd. „Oder hattest du zu viel getrunken?"

„Nein", sagte Philippe. „Ich war auf dem Weg zu dem Treffen für den nächsten Coup, der übermorgen stattfinden soll. Hast du schon mal erlebt, dass ich bei sowas besoffen war?"

Charles schüttelte den Kopf. „Nein, das nicht. Trotzdem muss das ja von irgendwas kommen. Bist du krank?"

„Ich habe mich nie so gut gefühlt wie gerade jetzt", antwortete Philippe.

„Und sonst hat keiner das seltsame Pferd gesehen?"

„Ich glaube nicht. Niemand hat darauf reagiert."

Charles schwieg eine Weile und sann vor sich hin.

„Das wird eine Vorbedeutung sein, ein Omen oder so was", sagte er dann. „Das beunruhigt mich."

„Glaub ich nicht", sagte Philippe leichthin. „Außerdem habe ich mir was überlegt. Ich habe ja immer eine Digitalknipse bei mir. Nächstes Mal hole ich die sofort raus und mache Fotos. Entweder ist das Pferd dann drauf, dann ist es keine Einbildung. Oder es ist nicht drauf. Dann muss ich doch ernsthaft darüber nachdenken, woher solche Visionen bei mir kommen."

Charles nickte und fand, dass dies eine gute Idee sei. Insgeheim hoffte er, dass sein Schützling diesem seltsamen Pferd nie mehr begegnen würde – weder in der Wirklichkeit, noch in der Einbildung.

*

Das Einhorn hatte inzwischen beschlossen herauszufinden, was die Menschen noch von ihm wussten. Es wollte nach Spuren in eigener Sache suchen, wusste aber zunächst nicht, wo. So durchstreifte es die Wälder von Paris, wie früher, sah aber, dass dort zu viele Menschen unterwegs waren. Niemand bemerkte es, dennoch fühlte es sich gestört. Also kehrte es nach Paris zurück und landete, seiner Intuition folgend, zielgenau im 5. Arrondissement.

*

Madeleine konnte ihre Vision und die Worte von Tante Josephine nicht vergessen, lieh sich einige ihrer Bücher aus, die sich mit dem Einhorn beschäftigten, und fand so heraus, dass es die Millefleurs-Wandbehänge gab, sechs Bildteppiche aus den 15. Jahrhundert, die im Musée National du Moyen Âge ausgestellt sind.

Am Sonntag besuchte Madeleine das Museum. Den Raum, in dem die Teppiche ausgestellt waren, fand sie leicht. Er war rund und ohne Fenster, außerdem nur schwach beleuchtet. Trotzdem waren die Farben wunderbar zu erkennen und schienen regelrecht zu strahlen.

Madeleine staunte. Auf fünf Bildern wurden die Sinne dargestellt. Auf dem ersten hielt eine Dame in ihrer rechten Hand ein Banner, darin auf rotem Grund in schrägen, dunklen Streifen drei Halbmonde. Mit der linken fasste sie das Horn des Einhorns, das still und ergeben neben ihr stand, rechts von ihr ein freundlich lächelnder Löwe. Mittendrin ein Kaninchen, Madeleine schmunzelte. *Das ist der Tastsinn, der hier dargestellt wird*, dachte sie.

Auf einem anderen hatte das Einhorn seine Vorderhufe der Dame in den Schoß gelegt. Sie schaute ernst, fast traurig, ihre Betrachter an. In der rechten Hand hielt sie einen Spiegel, in dem wieder das Einhorn zu sehen war. Der Löwe hielt auf diesem Teppich das Banner und gleich mehrere Kaninchen und kleine Hunde tanzten um die Gruppe herum. Das ,Sehen' soll ausgedrückt werden, vermutete Madeleine.

In den Teppichen zum Geschmacks- und Geruchssinn kam eine zweite junge Frau hinzu, eine Bedienstete. Beim Hörsinn stand die Dame an einem Portativ, einer Art kleiner Hausorgel des Mittelalters. Madeleine hatte solch ein Instrument einmal bei einem Konzert Alter Musik gesehen und gehört. Es kam ihr vertraut vor. Die Bedienstete betätigte auf diesem Teppich den Blasebalg.

Am meisten aber beeindruckte Madeleine der Teppich mit dem Zelt. Die Tiere hielten die Zelttüren offen, die Dienerin präsentierte einen Schmuckkasten, aus dem die Dame auszuwählen schien. Auf keinem anderen Wandteppich hatte sie solch kostbare Kleider an. Fast zuletzt erst fiel Madeleine auf, was oben auf dem Zelt geschrieben stand: ‚A mon seul désir' – mein einziger Wunsch. *Was ist meiner?* Sie traute sich nicht, nach einer Antwort zu suchen.

Als sie sich ein wenig zur Seite wandte, entdeckte sie das Einhorn neben sich. Es schien von diesem Bildteppich fasziniert zu sein, genauso wie sie. Das fabelhafte Wesen wandte seinen Kopf und sah Madeleine mit seinen großen, braunen Augen an. Alles sah Madeleine darin, Traurigkeit, Freude, Lebenslust und Todesahnung. Sie hielt die Luft an. Vorsichtig hob sie ihre Hand, traute sich aber nicht, das geheimnisvolle Wesen zu berühren. Die Angst, durch diese Bewegung eine wunderschöne Illusion zu zerstören, ließ sie innehalten. Doch das Einhorn neigte seinen Kopf und legte ihn in ihre erhobene Hand. Ein ungeheures Glücksgefühl strömte durch ihren Körper. Wärme und Kühle spürte sie zugleich, und als das Tier seinen Kopf wieder hob, sich umdrehte und im Galopp den Raum verließ, blieb in ihrem Leib ein warmes Pulsieren, das sich auf ihren Unterleib zurückzog und dann verklang. Madeleine atmete aus – sie hatte die Luft angehalten, als sie das Einhorn berührte – und wandte sich zum Gehen. Ein Blick zeigte ihr, dass die anderen Menschen im Raum nichts bemerkt hatten. Sie waren in flüsternde Gespräche vertieft oder sahen still auf die Wandteppiche. Madeleine schaute in ihre Hand. Sie glaubte dort noch einen Hauch dieser Berührung zu spüren. Als sie den Raum verlassen wollte, stand in der Tür ein Kind, ein Mädchen, das sie mit großen Augen ansah. Madeleine fragte:

„Hast du es auch gesehen?"

Das Mädchen nickte. Madeleine streichelte ihm über die Haare und ging.

*

Philippe war im 5. Arrondissement unterwegs. Dieses Mal sollte also in ein Museum eingebrochen, irgendwelche Teppiche geklaut werden – etwas, wovon er gar nichts verstand. Zumal viele der Meinung waren, dass dieser Bruch gar nicht zu machen sei. Viel zu gefährlich, das Gebäude zu gut gesichert, die Teppiche auf dem freien Markt nicht zu veräußern. Es gab aber wohl einen Auftrag von jemandem mit viel Kohle, der die Dinger unbedingt haben wollte. Philippe sollte die Schlösser knacken und das Fluchtauto präparieren. Er hatte einen doppelten Boden eingebaut, in dem die Teppiche versteckt werden sollten. Fünfzigtausend Euro sollte sein Anteil sein. Zehntausend hatte er schon eingestrichen, den Rest sollte er nach erfolgreicher Operation bekommen. Das ganze kam ihm vor wie ein Kinofilm, in denen solche Einbrüche präzise geplant wurden und dann auch noch sekundengenau. Hightech-Werkzeug wie im Film hätte nicht einmal der CIA, hatte einer der Anderen gesagt. Trotzdem wollten sie es wagen. Die hohen Gewinne, die Charles, die Zigarette, allen zugesagt hatte, beseitigten wohl Bedenken und Vorsicht gleichermaßen.

Philippe war gerade vor dem Museum angekommen, da sah er es vor sich. Er hatte so wenig damit gerechnet, dass er wie angewurzelt stehen blieb. Weder dachte er an seine Digitalkamera, mit der er das komische Pferd fotografieren wollte, noch daran, einen Passanten zu fragen, ob der es auch sehen würde. Das hatte ihm Charles, die Zigarette, empfohlen, mit dem Hintergedanken, dass die ihm einen Vogel zeigen und ihn das vermutlich ernüchtern würde. Nichts davon fiel Philippe ein. Er sah das Wesen nur an, schaute ihm in die Augen, bestaunte sein Horn, wich einen Schritt zurück, als es sich auf die Hinterbeine erhob und an ihm vorbei im Pariser Getümmel verschwand. Philippe glaubte sogar, dass es ihn noch leicht gestreift hatte.

Für einen Augenblick war er so orientierungslos, dass er im Kreis lief. Als er sich halbwegs wieder gefangen hatte und sich dem Tor des Museums zuwandte, prallte er fast gegen eine junge Frau, die dort gerade herauskam. Das war der zweite Schock, als er ihr in die Augen sah.

„Verzeihen Sie, Mademoiselle, ich … es tut mir leid."

Er war durcheinander, was ihm Mädchen und Frauen gegenüber noch nie passiert war. Er hatte dem anderen Geschlecht bislang auch kaum größere Bedeutung zugemessen, wechselnde Freundinnen gehabt und nur einmal ein bisschen Verliebtheit gespürt. Ausgerechnet bei der Tochter seines Chefs, bei dem er die Ausbildung zum Automechaniker begonnen hatte. Sie kam ihm auch entgegen und ließ sich seine Zuneigung gefallen, genoss aber auch die von anderen Männern und das irritierte Philippe sehr. Als er dann aus der Werkstatt fortgelaufen war, merkte er, dass er sie nicht vermisste.

Die wenigen Sekunden jedoch, die beide vor dem Museum stockten, bevor sie mit einem ‚Schon gut, ist ja nichts passiert' weiterging, brachten ihn in eine fast noch größere Verlegenheit, als die Vision von diesem Tier. Für einen Augenblick wusste er nicht, was er tun sollte. Seinen Auftrag erfüllen und den ‚Ort des Geschehens', insbesondere dessen Schlösser in Augenschein nehmen oder ihr folgen. Er musste eine unglaubliche Selbstüberwindung aufbringen, um dazubleiben. Gleichzeitig gab ihm dies das Gefühl, er würde sie nie mehr wieder in dem Menschengewimmel finden. Ihm schien, als hätte man sein Leben plötzlich ein für alle Mal von aller Freude abgeschnitten. Zum ersten Mal fühlte er sich in diesem undurchschaubaren Gewusel der Großstadt nicht mehr sicher – nur unendlich allein.

*

„Ich habe es berührt", sagte Madeleine zu Tante Josephine. „Und ich bin nicht die einzige, die es sehen kann. Da war noch ein Kind, dass es erblickt hat."

„Siehst du", sagte Tante Josephine mit leuchtenden Augen.

„Und dann hat mich fast ein Mann umgerannt, als ich aus dem Museum kam. Der war so was von durcheinander …"

„Das sind Männer oft, wenn sie vor einer Frau stehen, vor allem vor so einer hübschen, wie du eine bist."

„Tante …", sagte Madeleine mit einem vorwurfsvollen Blick.

„War es ein alter Mann? Oder ein junger?"

„Alt war er nicht", sagte Madeleine. „Jung? Weiß ich nicht. Eigentlich kann ich mich nur an seine Augen erinnern. Die waren so blau wie das Meer an sonnigen Tagen, wie der Himmel, wenn die Wolken fehlen, so klar wie Kristall, so …" Madeleine stockte und Tante Josephine lachte.

„Kind, du bist doch nicht etwa verliebt?"

„Ach was. Ich weiß doch auch gar nicht, wer das war und vermutlich sehe ich ihn in meinem ganzen Leben nicht wieder. … Aber", fügte sie nach einer kleinen Pause hinzu, „diese Augen werde ich trotzdem nie vergessen."

„Und du sagst, du bist ihm begegnet, nachdem du das Einhorn im Museum trafst?"

„Ja. Was willst du damit sagen?"

„Nichts. Doch es würde mich nicht wundern, wenn ihr euch in Kürze wiedersehen werdet.

＊

„Wolltest du es nicht fotografieren?", fragte Charles, die Zigarette.

„Ich war so überrascht, dass ich dazu nicht kam."

„Und an meine Empfehlung, einen Passanten zu fragen, ob er es auch sieht, daran hast du ebenfalls nicht gedacht?"

„Erst später. Aber es wäre auch kein Passant da gewesen, außer …"

„Was außer?"

„Na ja, da war dieses Mädchen, diese junge Frau."

„Wo war die?"

„Gleich, nachdem das Einhorn weg war, kam sie aus dem Museum."

„Die hättest du doch fragen können."

„Umgerannt hätte ich sie beinah. Ich war so durcheinander, dass ich zuerst im Kreise lief, weißt du, wie Onkel Hulot in den Tati-Filmen, wenn er nicht weiß, wo es langgeht. Ich wusste ja auch nicht, was ich tun sollte. Und, du wirst es nicht glauben, als es an mir vorbei galoppierte, da hat es mich berührt."

„Du hast es gespürt?"

„Ja, hier am rechten Arm."

Charles schüttelte den Kopf. „Ich mache mir Sorgen um dich, Kleiner. Was war jetzt mit dem Mädchen?"

„Du wirst es nicht glauben."

„Was denn?"

„Es hatte die gleichen braunen, tiefgründigen Augen wie dieses unheimliche Tier."

*

Das Einhorn suchte sich im Bois de Bolougne einen Platz, an dem es Ruhe vor den Menschen hatte, und auch vor den meisten Tieren. Eigentlich könnte es zurück auf seinen Planeten, denn es war überzeugt, dass alles zum Besten mit Madeleine und Philippe stand. Aber es wollte doch noch abwarten, bis es sich dessen auch ganz sicher war. Es sehnte sich zwar nach dem Ort, den es für die Erde verlassen hatte, denn dort brauchte man es dringender als hier. Doch manchmal war es gut, wenn man sich einige Zeit rar machte. Das wusste das Einhorn, und auch, dass es von nun an weitere Menschen geben würde, die es sehen konnten. Mit dem kleinen Mädchen im Museum hatte es begonnen.

Ab und an verließ es den Wald und suchte die Kathedralen in Paris auf, allen voran Notre-Dame, besonders dann, wenn dort der alte Gregorianische Choral zu hören war. *Er klingt zwar nicht mehr so wie damals, aber die Essenz haben sich die Menschen über die Jahrhunderte gerettet,* dachte es. *Wie sie das nur machen?* Nicht alles, was den Menschen betraf, konnte das Einhorn wirklich verstehen.

Eines Abends wurde es unruhig und beschloss, in der Stadt nach dem Rechten zu sehen.

*

Madeleine war nervös. Sie hielt es in ihrer Wohnung nicht aus. Die Tageshitze hatte sich noch nicht ganz verzogen und so ging sie zu einem Abendspaziergang vor die Tür. Eigentlich eher ein Nachtspaziergang, den sie an diesem Mittwoch unternahm, aber so genau wusste sie das nicht, denn sie hatte nicht auf die Uhr gesehen. Sie wusste nur, dass es jetzt zu spät war, um zu Tante Josephine zu gehen. Warum sie sich allerdings plötzlich im 5. Arrondissement wiederfand, konnte sie sich nicht erklären.

*

Für Dienstag war der Bruch geplant. Nach zweiundzwanzig Uhr wollten sie in das Museum eindringen und den Teppich entwenden. Später ging es nicht mehr, denn sie würden viel Zeit benötigen und vor dem Morgengrauen sollten sie längst über alle Berge sein. Erster am Ort war Philippe. Gekonnt und schnell öffnete er Tor und Tür. Flink kamen die anderen hinzu, huschten über den Hof und schlüpften ins Museum, zuletzt Charles, die Zigarette, der Philippe noch zuzwinkerte. Er sollte die Tür wieder schließen und ebenfalls hineinkommen, dann aber an der Tür warten und aufpassen. *Schmiere stehen*, dachte Philippe. *Sicher ist Charles dafür verantwortlich. Er versucht immer, mich aus den gefährlichen Sachen herauszuhalten.*

Er kam aber nicht dazu, die Tür wieder zu schließen, denn kaum war der letzte dahinter verschwunden, kam das Einhorn aus dem Museum, galoppierte an ihm vorbei und die Straße hinunter. Ohne weiter zu überlegen, rannte Philippe ihm nach. Tür und Tor des Museums ließ er offen. Er hatte kaum ein paar Schritte auf der Straße gemacht, das Einhorn noch im Blick, als er stehen blieb. Im Museum hörte er Schüsse. *Verdammt, da ist was schiefgegangen.* Im gleichen Augenblick war das Einhorn seinem Blick entschwunden. Er zögerte und überlegte, ob er wieder hinein und helfen solle. Da glaubte er aber die Worte ‚Polizei' und ‚Verhaftet' aus dem Museum zu hören. Sofort begann er zu laufen. Kurz darauf hörte er hinter sich Schritte. Er bog um die nächste Ecke und blieb wie angewurzelt stehen. Sie stand vor ihm.

Beide schauten sich an; er in ihre braunen, sie in seine blauen Augen. Sekunden vergingen, die ihnen wie Stunden erschienen. Da hörte er, wie die Schritte näherkamen und ohne zu überlegen, ja eigentlich ohne überhaupt einen wesentlichen Gedanken zu fassen, ging er auf sie zu, nahm sie in den Arm und küsste sie. Wieder vergingen Sekunden, die ihnen endlos vorkamen. Dann stieß sie ihn fort, und gab ihm eine kräftige Ohrfeige. ‚Was erlauben Sie sich?' wollte sie sagen, doch es kam ihr jemand zuvor. Philippe wurde am linken Arm gefasst und zurückgezogen.

„Hat er ihnen etwas getan, Mademoiselle?", fragte der Polizist.

„Nein", antwortete Madeleine, obwohl sie eigentlich ‚Ja' sagen wollte.

Schon kam ein zweiter Mann gelaufen, ein älterer, im Trenchcoat.

„Ist er das?", fragte der Polizist und wies mit dem Kopf auf Philippe.

„Das ist er", bestätigte der andere.

„Beide mitkommen!", sagte daraufhin der Polizist.

„Wohin?", fragte Madeleine.

„Auf die Wache!"

„Und was soll ich da?"

„Kommen Sie mit", sagte der Polizist barsch. „Geredet wird später – und protokolliert auch."

*

Madeleine saß auf einer unbequemen Holzbank vor dem Zimmer des Kommissariats. Ein Polizist hielt steif im Flur Position und passte auf, dass sie nicht davonlief. Sie konnte sich auf alles keinen Reim machen, ja sie verstand noch nicht einmal, warum sie überhaupt so spät am Abend losgegangen war. Und dann passierte so viel auf einmal in so kurzer Zeit. Erst sah sie das Einhorn für einen Moment die Straße entlanglaufen. Kurz darauf bog jener junge Mann um die Ecke, dessen Augen sie nicht vergessen konnte. Dann küsste er sie ohne Vorwarnung und zuletzt war auch noch die Polizei da, die sie beide mitnahm. *Was ist los in Paris?* dachte sie. *Ist Küssen jetzt verboten?*

Madeleine war entrüstet. Dabei fiel ihr nicht auf, dass diese Entrüstung sich gegen die Polizei richtete und nicht mehr gegen den jungen Mann. Dem Kommissar wolle sie schon Bescheid geben, nahm sie sich vor. Nach einer ihr endlos erscheinenden Zeit öffnete sich die Tür. Der junge Mann kam heraus, und musste sich ebenfalls auf die Bank setzen. Sie selbst aber wurde hineingerufen. Das gefiel ihr nicht. Viel lieber hätte sie jetzt mit ihm gesprochen. Wenigstens die Namen getauscht.

Zunächst wurden ihre Personalien erfragt. Für das Protokoll. Versuche ihrerseits, etwas vom Kommissar zu erfahren, ignoriert dieser.

„Und nun erzählen Sie uns mal, wie sie zu diesem Gan... äh ... diesem jungen Mann stehen."

„Wie ich zu ihm stehe?", fragte Madeleine irritiert zurück.

„Haben Sie ein Verhältnis?"

„Na hören sie mal ..."

„Sind sie seine Komplizin?"

„Komplizin? Für was denn?"

„Es ist besser, sie schenken uns reinen Wein ein. Das kann sich strafmindernd auswirken."

„Was denn?", fragte Madeleine verblüfft. „Ist öffentliches Küssen jetzt eine strafbare Handlung? Ich dachte, ich lebe in Paris. Habe ich mich da geirrt?"

„Kommen Sie mir nicht so", sagte der Kommissar scharf. „Sie rufen besser auch nicht nach ihrem Anwalt, das macht es nicht besser."

„Ich habe keinen Anwalt", flüsterte Madeleine, die jetzt wirklich eingeschüchtert war.

„Nachher erzählen Sie uns noch, Sie hätten ihn heute das erste Mal gesehen."

Madeleine schüttelte den Kopf. „Nein, das erzähle ich Ihnen nicht. Das wäre ja gelogen."

Der Kommissar sah sie lange an. Madeleine wurde es unbehaglich. Sie ahnte ja nicht, dass der Kommissar irritiert war. In diesem Augenblick kam ein Mitarbeiter herein und winkte dem Kommissar zu. Der stand auf, ging zu ihm und fragte: „Hat er alle identifiziert?"

„Fast alle. Einen nicht."

„Du brauchst nichts zu sagen", antwortete der Kommissar. „Ich weiß schon, wen er nicht erkannt hat." *Oder nicht erkennen will,* dachte er für sich und schickte Madeleine nach draußen. Sie solle warten, bis das Protokoll fertig und Korrektur gelesen sei. Dann könne sie unterschreiben und nach Hause gehen.

Madeleine setzte sich auf die Holzbank neben Philippe. Eine Weile schwiegen sie, dann sagte Philippe:

„Entschuldigung!"

Madeleine sah ihn an.

„Mir ist weniger mit einer Entschuldigung gedient als mit einer Erklärung", sagte sie.

„Erklären kann ich das nicht", sagte Philippe. „Ich musste dich ... Verzeihung ... Sie einfach küssen."

„Schon gut", sagte Madeleine. „Wenn wir uns schon geküsst haben, können wir auch beim Du bleiben."

„Ich heiße Philippe", sagte er schnell.

„Madeleine."

„Wunderschön", sagte er und in seinen Augen war ein verträumter Glanz zu sehen.

„Trotzdem hätte ich jetzt gewusst, worum es hier geht."

„Das Museum sollte ausgeraubt werden", sagte Philippe.

„Was?", sagte Madeleine und wirkte erschrocken. „Aber damit habe ich doch nichts zu tun."

„Nein", sagte Philippe.

Bevor sie weiter fragen konnten, wurde Madeleine hereingerufen, las und unterschrieb ihr Protokoll. Dann durfte sie nach Hause gehen. Philippe saß nicht mehr auf der Bank, als sie herauskam. Draußen stand sie in der Nacht und glaubte immer noch, zu träumen. Es war bereits vier Uhr vorüber – so lange hatte sie auf der Wache, die meiste Zeit mit Warten, zugebracht. Bevor sie ins Büro musste, würde sie nicht mehr zum Schlafen kommen. Deshalb ging sie langsam in Richtung ihrer Wohnung und versuchte, die Gedanken zu ordnen.

*

Philippe musste bleiben und kam in die Untersuchungshaft. Zelle reihte sich dort an Zelle. Es gab keine richtigen Türen, sondern nur Gitter, so wie Philippe es aus amerikanischen Filmen kannte. Die anderen waren schon dort. Er kam in die Zelle zum dicken Jo. Jo war nicht wirklich dick, sondern groß und kräftig. Man sagte, dass er Eisenstäbe verbiegen könne, was allerdings noch niemand gesehen hatte. Nun nahm er sich gleich Philippe vor und drückte ihn an die Wand.

„Lass ihn los", rief Gilbert aus der Nachbarzelle. „Noch ist nicht erwiesen, ob er ein Verräter ist."

Jo ließ ihn los.

„Ich ein Verräter?", rief Philippe. „Wie kommt ihr auf diesen Schwachsinn?"

„Na, weil wir gleich geschnappt wurden und du nicht dabei warst. Und weil wir im Museum schon erwartet wurden."

„Eine Falle?", fragte Philippe erschrocken.

„Genau", sagte Jo. „Und dich hatten sie nicht am Schlafittchen.

„Wie auch", sagte Philippe. „Wer sollte denn Schmiere stehen? Und überhaupt, was glaubt ihr, wieso ich hier bin. Mich haben sie eine Ecke weiter geschnappt. Kaum hatte ich mich umgedreht und wollte weg, als schon jemand aus dem Museum kam und hinter mir her war."

„Sag ich's doch, dass Philippe kein Verräter ist", resümierte Gilbert. „Ganz anders als die Zigarette."

„Charles?", fragte Philippe. „Wo ist Charles? Charles ist niemals ein Verräter."

Alle lachten.

„Wo ist Charles?", äffte Jo Philippe nach.

„Charles ist nicht da, wie du feststellen kannst, wenn du dich umsiehst", sagte Gilbert. „Und er war auch bei der Verhaftung nicht dabei. Er ist einfach verschwunden."

„Vielleicht war er einfach nur schneller als ihr", sagte Philippe. „Und möglicherweise ist er jetzt schon dabei, einen guten Anwalt für euch zu organisieren."

„Vielleicht, vielleicht, vielleicht. Vielleicht ist aber auch das ganze Ding gedreht worden, um uns alle dingfest zu machen. Charles hatten einige schon länger als Spitzel im Verdacht. Wir wollten das nicht glauben und hielten das für dummes, neidisches Gerede, weil jedes Ding, das wir mit ihm gedreht hatten, glatt gelaufen war. Offensichtlich ist aber doch etwas dran."

„Als der Schuss fiel, war er schon nicht mehr dabei", sagte Boris. „Ich weiß das, ich hatte alle im Blick. Er muss sich vorher schon verdrückt haben. Vermutlich mit Hilfe der Bullen, denn wir waren umstellt. Sie kamen von hinten, von der Seite, von vorn. Wie hätte er sich da ungesehen von ihnen verdrücken sollen?"

Philippe war ratlos. Um abzulenken fragte er: „Den Schuss habe ich draußen gehört. Wer hat geschossen? Die Bullen?"

„Nein. Alex. Er hat einen Wachmann umgelegt."

„Ach du Scheiße", sagte Philippe.

„Und er wurde dann von den Bullen liquidiert. Keine Ahnung, ob in beiden noch etwas Leben steckt, sie sahen jedenfalls sehr unlebendig aus, als sie uns abführten."

Philippe setzte sich auf die Pritsche und legte den Kopf in beide Hände.

„Charles ist mein Freund", sagte er. „Ich glaube das einfach nicht."

*

Unruhig irrte das Einhorn durch Paris. Irgendetwas schien nicht zu stimmen. Es kam ins 4. Arrondissement, trabte über die Seine-Brücke und stand vor der Kathedrale Notre-Dame de Paris still. Schaute zu der großen runden Fensterrosette auf und fragte sich, ob es recht getan hatte, zurückzukehren, oder ob das nicht vielleicht das ganze Durcheinander erst ausgelöst hatte.

„Bist du auch mal wieder da? Weißhorn?", fragte eine Stimme neben ihm. Das Einhorn wendete den Kopf, die Stimme kannte es. Ein alter Mann mit grauem Haar und wallendem Bart stand neben ihm in einem unscheinbaren, fast bis auf den Boden gehenden Mantel.

„Ahasverus, dich hätte ich jetzt nicht erwartet."

„Mir war so", erwiderte der alte Mann, „als wäre es mal an der Zeit gewesen, nachzusehen, wie es so steht."

„Ja, eine gewisse Unruhe hatte ich auch gespürt.“

„Das Nachschauen hätten wir uns eigentlich sparen können. Es ist wie immer. Nichts hat sich wirklich verändert und etwas ‚Liebe‘ – echte Liebe – ist mir in den letzten Tagen, in denen ich durch die Stadt gestreift bin, nicht begegnet. Sicher, Verliebte sind hier und da zu finden. Schmetterlinge im Bauch, sagen sie heute. Gefühlsirritationen, die ebenso schnell davon flattern wie Schmetterlinge das eben tun. Deshalb hätten wir uns nicht bemühen müssen.“

„Irgendwie glaube ich, dass es vielleicht doch ganz nützlich war, zu kommen“, sagte das Einhorn. „Nur im Augenblick weiß ich nicht weiter.“

„Du hast eine Aufgabe? Dann ist es für dich anders als für mich. Ich konnte noch keine für mich erkennen.“

Plötzlich begann das Einhorn auf der Stelle zu tänzeln. Es hatte einen Mann entdeckt, der sich geduckt an der Kathedrale entlang schlich und an der verschlossenen Tür rüttelte. Er wandte sich um, schien wieder weg zu wollen. Da blieb er wie angewurzelt stehen. Er sah das Einhorn und sah den alten Mann.

„Da ist eine Aufgabe für dich“, sagte das Einhorn, wandte sich um und galoppierte davon.

Ahasverus ging langsam auf den Mann zu, der zusammengesackt war und auf dem Boden saß, mit dem Rücken an die Tür der Kathedrale gelehnt.

„Komm Judas, steh auf. Lass uns ein Stückchen gehen und reden", sagte er.

„Woher … woher weißt du?", stotterte dieser. „Wer bist du?"

„Ahasverus sagen die Leute meistens zu mir." Er hielt ihm die Hand hin. „Mein richtiger Name ist aber Chšayāṛšā".

Der Mann fasste die Hand und ließ sich hochziehen.

„Mir sagen beide Namen nichts. Aber reden ist gut. Wenn mir jetzt niemand zuhört, springe ich womöglich noch in die Seine."

Beide gingen langsam von der Kathedrale fort.

*

Madeleine erschien am nächsten Tag zwar an ihrem Arbeitsplatz, allerdings nur, um ihren Chef erstens um Urlaub und zweitens um Nennung eines Anwalts, der in Strafrecht spezialisiert und für sie erschwinglich sei, zu bitten.

„Den Urlaub gewähre ich ihnen gern", sagte ihr Chef. „Genau genommen brauchen sie gar keinen Urlaub. Sie haben so viele Überstunden, dass ein Tag da nur unwesentlich etwas abbaut."

Dann nahm er seine Brille ab und sah ihr in die Augen.

„Dass sie aber einen Anwalt für Strafrecht brauchen, das macht mich doch etwas besorgt. Liebes Kind, sagen sie es gerade heraus: Was haben sie ausgefressen? Muss ich fürchten, eine wertvolle und geschätzte Mitarbeiterin zu verlieren?"

Madeleine wurde rot.

„Nein. Den Anwalt brauche ich nicht für mich. Ich war zwar die halbe Nacht auf der Polizeiwache, aber man hat mich wieder laufen lassen. Weil ich nämlich nichts ausgefressen habe."

Sie beobachtete, wie ihr Chef aufatmete. Aber er fragte dennoch mit einem leisen Zweifel:

„Nichts ausgefressen und doch die halbe Nacht auf der Polizeiwache? Was ist passiert?"

„Ich habe einen jungen Mann geküsst. Oder nein … er mich … ach, ist auch egal. Ich glaube, das ist nicht strafbar."

Erleichtert schüttelte der Chef den Kopf.

„Aber alles geschah in der Nähe des Musée national du Moyen Âge und das sollte ausgeraubt werden."

„Ich las es heute früh in der Zeitung", sagte der Chef. „Aber dann brauchen Sie keinen Anwalt.

Wenn Sie mit dem jungen Mann beim Küssen erwischt wurden, haben sie ja ein Alibi."

„Eigenartigerweise sieht das die Polizei aber nur bei mir so", sagte Madeleine. „Philippe haben sie dabehalten."

„Philippe", sagte der Chef. „So, so." Aber er gab ihr die gewünschte Adresse, rief für sie sogar noch wegen eines Termins an und wünschte ihr, bevor sie ging, viel Glück.

*

„Man nennt mich Ahasverus, auch den ewigen Juden, aber tatsächlich bin ich weder der eine noch der andere. Ich bin, wie ich schon vor der Kathedrale sagte, Chšayāṛšā und stamme aus Persien. Aber auch nicht wirklich, denn ich war schon da, bevor es Persien überhaupt gab. Utnapischtim war ein Freund. Das war der, der das Schiff baute und die Lebewesen, je zwei von einer Art, darin aufnahm, als die große Flut kam. Ich wollte nicht mit, hörte nicht auf seine Aufforderung, lästerte über ihn und die Botschaft, auf die hin er das schwimmende Haus baute. Doch als dann die Flut kam, und alles, was nicht mit Utnapischtim in das hölzerne riesige Schiff gegangen war, ertrank, gewann ich stattdessen vorläufige Unsterblichkeit. Solange muss ich durch die Zeiten wandern, bis eine neue Flut kommt, die alles wegspült. Nur dann wird das jedoch für mich das Ende sein, wenn ich bis dahin mindestens einem Paar, das sich tatsächlich liebt und diese Liebe auch lebt und leben will, geholfen habe, zusammen zu finden. Bislang war mir das nicht vergönnt."

„Du hast es auch nicht immer leicht gehabt? Nicht wahr?" sagte Charles, die Zigarette.

Ahasverus schwieg.

„Aber warum holst du mich dann von der Kathedrale ab", fragte Charles. „Du glaubst doch wohl nicht, dass ich dir da helfen kann. Oder doch?"

„Man wird über die Jahrtausende hinweg genügsam. Vor allem, wenn man ständig verkannt wird und nur Legenden verbreitet werden, ich hätte Jesu nicht eingelassen, als ich in Jerusalem ein geiziger Schuster war oder so ähnlich. Ich war nie in Jerusalem und war auch nie ein Schuhmacher. Und es ist auch langweilig, wenn es gar nichts zu tun gibt. So habe ich mir in den letzten tausend Jahren angewöhnt, immer wieder Menschen zu helfen, auf die Beine zu kommen. Es nützt mir nichts, das stimmt, aber kommt es darauf an? Ich habe jedes Mal für einen Augenblick ein gutes Gefühl und das ist eigentlich mehr, als ich erwarten kann."

Ahasverus sah Charles nachdenklich an.

„Jetzt aber erzähl du deine Geschichte. Dann werde ich sehen, ob da zu helfen ist."

*

Bereits am folgenden Tag wurde Philippe aus der Zelle geholt. Er bekam die Sachen zurück, die man ihm abgenommen hatte und anschließend brachte man ihn zu einem Mann, der ihm die Hand schüttelte und sich als sein Anwalt vorstellte.

„Anwalt? Ich habe doch gar keinen beauftragt?", fragte Philippe erstaunt.

„Sie nicht", antwortete der Mann, „aber der Auftraggeber, oder besser gesagt die Auftraggeberin wartet draußen in meinem Auto."

Neugierig geworden, ging Philippe mit, blieb dann, noch ein paar Schritte vom Auto entfernt, stehen.

„Sie?", fragte er verwundert und hielt den Anwalt zurück. „Von ihr wurden sie beauftragt?"

Der Anwalt nickte. Philippe ging los, öffnete die Wagentür an der gegenüberliegenden Seite und setzte sich neben sie.

„Hallo", sagte er vorsichtig.

„Hallo", sagte sie ebenso vorsichtig und unterdrückte den Impuls, sich ihm zuzuwenden. Der Anwalt stieg ein und fuhr los.

„Wo fahren wir hin?" fragte Philippe.

„In mein Büro."

Philippe lehnte sich zurück und wandte sich Madeleine zu. Sie schaute immer noch gerade aus. Er registrierte, dass sie die Hände ineinander verknotete. *Blass sieht sie aus*, dachte er. Mehr fiel ihm dazu nicht ein. Auch er schaute jetzt nach vorn und wartete darauf, dass sie ankamen. Oder eigentlich wartete er nicht darauf. *Ich könnte ewig so fahren – neben ihr*, dachte er.

*

Sie saßen im Büro des Anwalts und hörten dem Mann zu.

„Die Chancen stehen nicht schlecht für Sie, Philippe. Offenbar haben die Hauptzeugen Sie nicht identifiziert. Alle anderen zweifelsfrei, Sie aber nicht."

„Wer sind denn die Hauptzeugen?", fragte Philippe vorsichtig.

„Die Wärter im Museum und ein gewisser C., dessen Namen ich aber nicht erfahre, weil er angeblich im Zeugenschutzprogramm ist. Er soll aus dem Umfeld der Täter stammen."

Philippe wurde blass. Also doch Charles. Und ich hatte ihm vertraut.

„Was heißt das jetzt?", fragte Madeleine. „Ist seine Unschuld nun bewiesen?"

„Noch nicht ganz", erwiderte der Anwalt. „Ein Zeuge bleibt bei der Aussage, dass er zu der Tätergruppe gehört. Er hätte ihn schon Tage vorher beschattet und ihn auch zusammen mit den anderen gesehen."

„Vermutlich der, der mir am Museum nachgelaufen ist", sagte Philippe.

„Und deswegen wird es weitere Verhöre geben und vermutlich sind Sie auch bei der Gerichtsverhandlung dabei. Aber wenn wir alles gut vorbereiten, werden Sie sicher mangels Beweisen freigesprochen."

„Prima", sagte Madeleine.

„Nein", sagte Philippe. „Das ist nicht prima. Ich war ja dabei und werde es auch sagen."

*

„Er ist also ein richtiger Gangster?" fragte Tante Josephine. „Und in den bist du verliebt? Das ist wie Bonnie und Clyde."

„Tantchen, ich bin doch keine Gangsterbraut."

„Aber er, dieser Philippe, den du aus dem Gefängnis geschmuggelt hast."

„Ich habe weder eine Pistole ins Gefängnis hinein, noch ihn hinausgeschmuggelt. Der Anwalt sorgte dafür und der Richter hat es erlaubt."

„Und jetzt will er wieder rein?"

„Er sagt, dass er die Türen aufgemacht hat. Das könne er nicht leugnen. Der Anwalt sagte, wenn er alles gesteht, bekommt er mildernde Umstände. Das wird er tun. Allerdings sagt er auch, dass er niemanden verraten wird."

„Und wenn er wieder im Gefängnis sitzt …"

„… dann werde ich ihn da besuchen. Regelmäßig."

„Kindchen, du kennst ihn doch gar nicht?"

„Doch. Wir haben uns inzwischen mehrere Male getroffen und zweimal geküsst."

„Zweimal geküsst?"

„Ja! Als wir ins Büro des Anwalts kamen, noch bevor irgendjemand etwas sagen konnte, küsste er mich zum zweiten Mal."

„Du hast ihm doch hoffentlich eine Ohrfeige gegeben? Wie beim ersten Mal."

„Ich habe die Augen geschlossen und gehofft, dass die Welt für ewig still steht. Das hat sie leider nicht getan, so dass ich, als der Anwalt sich räusperte, die Augen wieder öffnete."

„Er ist ein Krimineller."

„Er hat das Einhorn auch gesehen."

„Sieh mal einer an", sagte die Tante verblüfft.

„An den gleichen Orten, er hat es mir erzählt."

Die Tante schwieg und dachte nach. „Dann ist ja wohl nichts daran zu ändern. Doch wie stellt ihr euch die Zukunft vor?"

Philippe wird seine Strafe absitzen. Im Gefängnis wird er versuchen, seinen Schulabschluss nachzuholen. Ich besuche ihn regelmäßig und wenn er rauskommt, dann sucht er sich eine Arbeit."

„Heiraten wollt ihr nicht?"

„Vielleicht. Das ist auch möglich, aber erst einmal nicht so wichtig. Wichtiger ist, dass Philippe eine andere Richtung in seinem Leben einschlägt und das unbelastet von seiner Vergangenheit. Deshalb will er auch nicht lügen, sondern seine Strafe absitzen."

Kopfschüttelnd sagte Tante Josephine noch: „Es ist einfach eine andere Zeit, das muss man akzeptieren."

*

„Der Junge musste da raus", sagte Charles zu Ahasverus. „Ich dachte, es ist der beste Weg, einfach alle für eine Weile von der Bildfläche verschwinden zu lassen. Dann hätte ich Zeit, Philippe auf einen anderen Weg zu bringen."

„Und nun?"

„Weiß nicht. Ich habe alle verraten – außer Philippe. Bei dem habe ich gesagt, dass er nicht dabei war."

„Und das glaubt man dir?"

Charles zuckte mit den Schultern. „Doch, man hat es mir geglaubt, bis auf einen, der sich furchtbar aufregte. Aber da niemand von den Wachen und den anderen Philippe im Museum gesehen hat, steht er mit der Aussage alleine. Allerdings griff man den Jungen in der Nähe des Museums auf, und das ist wiederum nicht gut."

„Und die anderen, werden die auch sagen, dass der Junge nicht dabei war?"

„Man verrät Kumpels nicht."

„Überleg doch mal", sagte Ahasverus. „Er kommt frei, weil du ihn deckst. Was glaubst du, was die dann denken?"

Charles schaute sein Gegenüber an und senkte dann den Blick.

„Es ist nicht die erste Sache, die ich verbocke. So fing es schon in der Schule an. Eigentlich sollte ich inzwischen wissen, dass gut gemeint noch längst nicht gutgetan ist. Am besten ist es, ich mach's wie Judas, werfe meine Silberlinge in irgendeinen Hof und hänge mich auf."

„Wäre es nicht mal an der Zeit, es etwas anders zu machen, als immer in die alten Fehler zu verfallen? Manche merken ja schnell, wenn etwas nicht funktioniert, für andere reicht ein Leben nicht."

„Wie meinst du das? Überhaupt fällt mir gerade ein, dass du mich gleich zu Anfang mit ‚Judas' angesprochen hast. Du hast schon alles gewusst?"

Ahasverus lächelte stumm.

„Langsam fange ich an zu glauben, dass die Geschichten vom alten Persien und deinem Freund mit der Arche stimmt. Nachher glaube ich auch noch, dass ich schon mal Judas war …"

„Es reicht, wenn du in diesem Leben eine Kursänderung einschlägst. Und dafür musst du nicht weiter als bis in deine Kindheit zurückschauen. Und eigentlich musst du dir nur ansehen, was du zuletzt verkehrt machtest. Gut gemeint reicht nicht? Natürlich nicht! Aber es ist ja schon ein halber Schritt, dass du dies erkannt hast."

„Und wie soll die fehlende Schritthälfte aussehen?"

„Wie alt ist der ‚Junge'?"

„Sechsundzwanzig."

„Eigentlich ein Alter, in dem man weiß, was man tut. Wie wäre es denn, wenn du ihm die

Handlungen für sein weiteres Leben selbst über-lässt?"

„Aber von allein kommt er da nie raus. Das sehe ich doch an mir."

„Erstens scheint er bisher ja noch nicht so viele Fehler gemacht zu haben. Oder?"

„Wenn man es so betrachtet …", sagte Charles.

„Und zweitens hat es ein Auge auf ihn gewor-fen."

„Es?", fragte Charles.

„Das kannst Du nicht wissen. Bevor ich dich traf, habe ich mit ihm gesprochen."

„Ach, du meinst dieses weiße Pferd mit Horn."

„Du hast es gesehen?", staunte Ahasverus.

„Doch, es ging neben dir. Und als es mich sah, trabte es davon."

„Dann gibt es auch für dich einen neuen Weg", sagte Ahasverus. „Du musst ihn nur gehen."

„Meinst du?"

„Wirf deine ‚Silberlinge' nicht fort. Du hast sie dir verdient, wenn auch durch Verrat. Sie nützen aber niemandem, wenn du sie fortwirfst und dein Leben noch dazu. Verschwinde, so weit weg, wie du dich traust. Und dann wartest du ab. Du wirst erkennen, was du tun musst, und übe dich in Geduld."

„Er hat mir davon erzählt", sagte Charles nachdenklich. „Ich wollte es nicht glauben, bis ich es vorhin selbst gesehen habe."

Ahasverus stand auf und auch Charles erhob sich.

„Ich geh dann mal", sagte Charles. „Danke für alles."

„Keine Ursache", erwiderte Ahasverus. „Ich komme noch ein Stückchen mit. Ich habe ja Zeit. In Paris bleibe ich noch eine Weile. Muss ja sehen, was aus den beiden wird. Das ist immer spannend anzuschauen, wenn es sich eingemischt hat."

*

Noch einmal trabte das Einhorn durch die Straßen von Paris. Es hatte gesehen, wie Philippe zu achtzehn Monaten Gefängnis verurteilt wurde, ziemlich milde, angesichts der Strafen von vier bis acht Jahren, die für die anderen verhängt wurden. Sein freiwilliges Geständnis ohne Einschränkung hatte wesentlich dazu beigetragen. Noch vor der Verhandlung sprach sich Philippe mit den anderen aus. Dass er zu ihnen stand, den Verrat von Charles nicht für sich ausnutzte, wurde von allen anerkannt. Auch sein Bekenntnis, nach dem Gefängnis nicht wieder mit ihnen zusammen arbeiten zu wollen, sondern mit Madeleine ein neues Leben zu beginnen, wurde akzeptiert.

„Vernünftig, was er da vorhat", sagte Gilbert. „Er ist jung und was hat ein Leben wie unseres ihm schon zu bieten. Später schafft er den Absprung nie."

„Er ist der Freund von Charles, diesem Verräter", brummte Jo.

„Ja und? Hat er das für sich genutzt? Philippe steht zu uns und wir müssen die Suppe nicht allein auslöffeln. Sehr anständig von ihm. Wir werden ihm nicht im Weg stehen. Er war unser Kumpel und er bleibt es, auch wenn er nach dem Knast zur anderen Seite wechselt."

Alle nickten und auch der etwas langsam denkenden Jo stimmte, allerdings etwas verzögert, in das Nicken ein.

Das Einhorn hatte auch Madeleine gesehen, die weiter Tag für Tag ihrem Beruf nachging. Aber im Gegensatz zu früher trug sie nun fast immer ein Lächeln im Gesicht. Jeden Sonntag ging sie zum Gefängnis und besuchte Philippe.

Nun kann ich gehen, dachte das Einhorn, und verschwand wieder aus dieser Welt.

Zwei Jahre Später

In Charleroi, der drittgrößten Gemeinde Belgiens kam kurz vor Mitternacht ein Mann aus einer Kneipe, schon leicht schwankend, aber recht vergnügt. Er wollte sich nach rechts wenden, wurde aber von zwei Armen links und zwei Armen rechts gefasst und in die andere Richtung geschoben.

„Na Charles? Lange nicht gesehen?" sagte der eine, zu dem die Arme links gehörten.

„Hast dich also in Belgien verkrochen, Zigarette", sagte der, zu dem die beiden Arme rechts gehörten.

„Was ... was ...", stotterte, der Mann. „Ich bin Francois und nicht Charles".

Die beiden lachten.

„Du wirst doch deine alten Freunde nicht verscheißern wollen", sagte der erste.

„Das würde dir gar nicht gut bekommen", bestätigte der andere, der von beachtlicher Statur war. Dann holte er aus und schlug dem Mann, der sich Francois nannte, in den Bauch. Der sackte in sich zusammen, wurde aber von den beiden am Fallen gehindert. Schon wollte der erste ebenfalls ausholen, da trat ein weiterer Mann hinzu und schob die Gruppe auseinander. Es war, als wäre die Zeit angehalten worden. Plötzlich bewegte sich keiner mehr. Der Mann fasste die Hand von Charles ...

Verzeihung … von Francois und zog ihn fort. Während die beiden noch immer starr dastanden und auch sonst keine Bewegung wahrzunehmen war, konnte Francois sich bewegen. Zusammen mit dem Alten in dem merkwürdig langen Mantel entfernte er sich von den Beiden, die ihn kurz zuvor im Griff gehabt hatten.

*

„Was war das", fragte Gilbert. „Eben war er doch noch da?"

„Ich weiß auch nicht", antwortet Jo. „Gerade hatte ich ihm eine reingehauen – und da war er plötzlich weg."

Beide sahen sich um, irrten umher, schauten in die angrenzenden Gassen und sahen sich bestürzt an.

„Keine Spur von ihm. Ich kann mir das nicht erklären", sagte Gilbert.

„Komm, lass uns abhauen", erwiderte Jo. „Das ist hier nicht geheuer."

„Und was sagen wir den anderen?"

„Sollen die doch selber suchen. Charles ist eben verschwunden. Ich vergeude doch meine Zeit nicht damit, einen Verräter zu suchen, der sich in Luft auflöst."

Jo ging. Gilbert zögerte, zuckt dann aber mit den Schultern und folgte ihm.

*

„Danke", sagte Charles. „Das war Rettung in letzter Sekunde. Wenn du nicht gekommen wärst, Ahu… wie heißt du noch einmal?"

„Man nennt mich auch Ahasverus."

„Genau, Ahasverus. Jetzt hab ich's wieder. Also, wenn du nicht gekommen wärst, dann wäre von mir jetzt nicht mehr viel übrig. Besonders Jo hätte ordentlich ausgeteilt. Der kann sich nicht kontrollieren, wenn er zuschlägt." Dabei hielt er eine Hand auf den noch schmerzenden Bauch.

„Keine Ursache."

„Wie hast du das übrigens gemacht? Die standen ja stocksteif da."

„Nicht so wichtig", sagte Ahasverus. „Ich kam gerade vorbei, weil ich sowieso nach dir sehen wollte. Mich interessiert immer noch, was du unternommen hast."

„Ach, wenn ich nicht gerade am Abend ein paar wohlverdiente Biere konsumiere, dann kümmere ich mich in der Lehrwerkstatt des Gefängnisses um Jugendliche, die dort eine Ausbildung machen wollen."

„Bist du also doch noch im Gefängnis gelandet?"

„Richtig", sagte Charles grinsend. „Aber ich kann jeden Tag rein und wieder raus. Und ich bekomme sogar Geld dafür. Als Schlosser haben sie mich sofort genommen und ich kann für die Jungs viel tun. Manche sind unbelehrbar, aber ein paar habe ich in den letzten zwei Jahren doch auf andere Gedanken bringen können."

„Und?", fragt Ahasverus. „Wie fühlt sich das an?"

„Richtig gut."

„Dann weißt du jetzt, warum ich mir die Zeit über die Jahrhunderte damit vertreibe, diesem und jenem aus der Patsche zu helfen."

Charles nickte und lächelt, die Schmerzen im Bauch ignorierend.

„Dann will ich mich auf den Weg machen und anderswo nach dem Rechten schauen", sagte Ahasverus und wandte sich ab.

„Warte noch einen Augenblick", rief Charles. „Kannst du noch sagen, wie es dem Jungen geht?"

„Philippe?"

„Genau."

„Der ist schon nach wenig mehr als einem Jahr entlassen worden. An dem Tag, als er rauskam, stand vor dem Gefängnis eine junge Frau und holte ihn ab. Sie hatte ihm eine Wohnung und Arbeit besorgt. Er besucht nun eine Abendschule um Ingenieur oder Techniker zu werden und im Herbst wollen sie heiraten."

„Echt wahr?" Charles Augen leuchteten und bekamen einen feuchten Glanz. „Das hat es fein hinbekommen, dieses ... dieses ..."

„Einhorn."

„Genau. Hätte ich doch bloß meine Finger aus der Sache raus gelassen, dann wäre es bestimmt noch besser geworden."

„Möglich", sagt Ahasverus. „Aber so genau weiß man das nicht. Philippe ist von der schiefen Bahn runter, Madeleine weiß, was Liebe ist und du bist auch nicht mehr dabei. Ob das ohne dein Eingreifen auch so geklappt hätte, ist zumindest fraglich. Ein bisschen kannst du auch stolz sein."

„Meinst du?"

Ahasverus nickt.

„Wiedersehen werden wir uns nicht. Also sage ich ‚bonne chance'".

Charles sah ihm hinterher, bis er aus dem Licht der Straßenlaterne im Dunkel der Nacht verschwunden war.

Das Einhorn und der Philosoph

Als das Einhorn den Philosophen im Park auf der Bank sitzen und angestrengt nachdenken sah, gesellte es sich dazu.

„Hallo", sagte das Einhorn.

Der Philosoph antwortete nicht, denn er dachte nach und da er nie angesprochen wurde, bezog er den Gruß des Einhorns nicht auf sich. Das Einhorn wartete ab, sagte aber nach einer Weile:

„So lang ist der Gedanke, Herr Philosoph?"

Jetzt sah der Philosoph auf und schaute das Einhorn verwundert an.

„Gedanken sind nie zu Ende", erläuterte er dann. „Wenn ich aufhöre zu denken, existiere ich auch nicht mehr."

„Ach, das ist ja interessant", staunte das Einhorn. „Dann brauche ich einfach nicht mit dem Denken aufzuhören, um ewig existieren zu können."

„Allerdings nützt die Existenz so allein für sich nichts", erwiderte der Philosoph. „Es muss noch ein

Gegenüber geben, ein Du, das dich auch denken kann. Für sich allein zu existieren ist ja nichts."

„Und? Denkst du mich gerade?"

„Für den Augenblick ja. Das ist eine ganz reizvolle Abwechslung. Aber auf Dauer kann ich natürlich nicht ein Einhorn in meine Gedankenwelt lassen. Das wäre ja an der Realität vorbei."

„Eben hast du noch gesagt, dass etwas, sobald man es denkt, Realität wird."

„Das bezog sich aber eher auf das Objekt, das denkt – also in diesem Fall: auf mich selbst –, nicht auf das Objekt, das gedacht wird."

„Das Objekt, das denkt, genügt sich aber alleine nicht, hast du eben behauptet."

„Stimmt ja auch. Es braucht ein anderes Objekt, das ebenfalls denkt und bereit ist, das andere Objekt wahrzunehmen. Also ich denke hier auf der Parkbank und bin mir meines Denkens bewusst. Das ich existiere, stelle ich nicht in Zweifel, anders, als es noch der chinesische Meister Zhuang gemacht hat, der nicht mehr wusste, ob er der geträumte Schmetterling oder der Träumer gewesen ist. Ich weiß, dass ich jetzt ein Einhorn träume und das gefällt mir augenblicklich. Aber wenn ich es gleich leid bin, Traumbilder zu haben, dann weiß ich auch, dass ich derjenige bin, der das Einhorn nur geträumt hat."

Das Einhorn näherte sich dem Philosophen und stupste ihn sanft an.

„He? Was soll das?" rief der Philosoph, der fast von der Bank gefallen wäre.

„Hast du das gespürt?", fragte das Einhorn.

„Aber sicher habe ich das gespürt", sagte der Philosoph ärgerlich. „Fast wäre ich von der Bank gefallen."

„Entschuldige", sagte das Einhorn. „Ich war nicht darauf vorbereitet, dass du so wenig fest auf dem Boden der Tatsachen ruhst. Mach's gut."

Es wendete sich um und trabte davon. Der Philosoph glaubte noch ein Wiehern zu hören. Oder war es ein Lachen? Dann war er wieder allein und beschäftigte sich weiter intensiv damit, existent zu bleiben.

Das Einhorn und der Bischof

Eines Tages begegneten sich das Einhorn und der Bischof. Das Einhorn ging eine Weile neben dem Bischof her.

"Wie geht's", fragte der Bischof höflich.

"Nicht gut", antwortete das Einhorn.

"Wie kommt's?" fragte der Bischof erstaunt.

"Die Menschen erkennen mich nicht mehr." Das Einhorn schien traurig zu sein. "Wenn sie mich überhaupt sehen, versuchen sie mich zu jagen, weil sie sich wer weiß was vorstellen, was sie mit mir und meinem Horn anfangen können. Und Jungfrauen gibt es auch fast nicht mehr."

"Da hilft kein Predigen mehr", schimpfte der Bischof. "Die Unzucht hat die Herrschaft über die Welt bekommen."

"Aber warum ich so in Vergessenheit geraten konnte, verstehe ich wirklich nicht", sagte das Einhorn.

"Das ist kein Wunder", erklärte der Bischof. "An dich muss man nicht glauben, dich kann man ja sehen – wenn man will. Alles aber, was die Menschen sehen können, ist ihnen nicht geheimnisvoll genug."

"Meinst du?", fragte das Einhorn und überlegte, ob es sich besser gänzlich unsichtbar machen sollte.

"Aber der eigentliche Grund liegt wohl darin, dass du über die Menschen keine Macht ausüben willst. Deshalb haben sie keine Ehrfurcht vor dir. Sieh mich an. Mich fürchten sie. Ich sorge schon dafür, dass sie keine Ruhe finden, denn ich drohe Ihnen mit dem, was sie nach dem Tod erwartet. Sie fallen deshalb reihenweise vor mir auf die Knie und ich kann ihnen erzählen, was ich will – sie glauben mir alles, gerade, weil sie es nicht sehen können."

"Und das gefällt dir? Macht über die Menschen auszuüben?"

"Aber ja!", rief der Bischof. "Das ist ein herrliches Gefühl zu sehen, wie sie den Nacken beugen, weil ich das so will."

Da beschloss das Einhorn, ein für alle Mal aus dem Leben der Menschen zu verschwinden. Es wollte geliebt und geschätzt, möglicherweise auch ein wenig bewundert werden. Keinesfalls aber wollte es, dass die Menschen sich vor ihm fürchten. Vor allem aber wollte es keine Macht über sie bekommen.

Das Einhorn und der Atheist

„Hallo", sagte das Einhorn.

„Hau bloß ab", antwortete der Atheist.

„Du bist nicht gerade freundlich."

„Dich gibt es gar nicht, also muss ich auch mit dir nicht reden."

„Dafür, dass es mich nicht gibt, hast du aber schon viele Worte an mich gerichtet. Genau sechzehn."

„Du hast mitgezählt?", staunte der Atheist.

„Ich muss nicht zählen – das weiß ich so."

„Vermutlich ist meine Wahrnehmung heute etwas gestört."

„Und wenn ich gleich weg bin, ist alles wieder gut?"

„Ja klar, dann sehe ich die Welt wieder so, wie sie ist. Überhaupt sind das ja alles chemische Prozesse, das, was wir wahrnehmen und so. Da läuft im Gehirn quasi so eine Art Chemiefabrik. Und da kann schon mal was durcheinanderlaufen. Wenn zu viel Alkohol im Spiel ist, sieht man zum Beispiel doppelt. Oder LSD – Lysergsäurediethylamid, wenn dir das was sagt …".

„Mir sagt alles etwas."

„… das kann richtig was in Bewegung setzen. Drogen überhaupt. Bewusstseinserweiterung bewirkt man dadurch."

„Ach, und wenn du durch Alkohol oder Drogen Dinge siehst, die es nicht gibt und mit denen sogar sprichst, dann ist das ein erweitertes Bewusstsein, trotzdem aber nicht wahr?"

„Es ist eine andere Wirklichkeit. Das Bewusstsein sieht etwas, was es nicht gibt, ja, genau so ist das und deshalb ist es erweitert."

„Na, da würde ich aber doch eher von einer Bewusstseinstrübung – oder, um es nicht ganz so negativ zu sagen – Bewusstseinsverschiebung sprechen."

„Was willst du mir damit jetzt sagen? Willst du mich verscheißern? Glaub nicht, dass du mich aufs Glatteis führen kannst."

„Jetzt ist dir das, was es nicht gibt, sogar eine Drohung wert?"

Das Einhorn wieherte und richtete sich auf den Hinterbeinen auf.

„Ich will mal lieber verschwinden, bevor ich dich in Gewissenskonflikte bringe. Ich bin dann mal weg."

„Wohin?", rief der Atheist.

„Weiß nicht", sagte das Einhorn. „Vielleicht ins Nichts? Oder einfach nach Bielefeld."

Und schon war es verschwunden.

Der Atheist atmete auf und beschloss, diese kurze Wahrnehmungsirritation in seinem Notizbuch zu vermerken, und falls das noch einmal auftreten sollte, zum Arzt zu gehen und sich etwas dagegen verschreiben zu lassen.

Veits Verleugnung

Eine Weile dachte er nichts, als er am steinernen Geländer lehnte und in die Spree sah. Das Licht der Gaslaternen ließ das Wasser noch dunkler erscheinen, als es tagsüber schon war. Um drei Uhr in der Früh war die Moltkebrücke leer; keine Menschen hasteten hinüber, kein Auto fuhr, keine Kutsche war zu sehen. Der Spätsommernachthimmel war wolkenverhangen und wäre nicht die warme Luft gewesen, selbst um diese Uhrzeit, man hätte denken können, der November sei bereits angebrochen. Als sich die Gedanken in Fritz Gerhardts Kopf wieder sortiert hatten, er sich der Spree, der Brücke und seines Anlasses, hier zu stehen, bewusst war, zögerte er nicht länger. Er fasste mit beiden Händen das steinerne Geländer und machte Anstalten, sich darüber zu schwingen. *Nicht lange aufhalten, nicht auf die Brücke stellen. Nachher kommt doch noch jemand und reißt mich wieder hinunter,* ging ihm durch den Kopf. Bevor er jedoch Schwung geholt hatte, legte sich ihm eine Hand auf die Schulter. Vor Überraschung ließ seine Anspannung sofort nach, der

Schwung blieb aus, er blieb, wo er stand. Verblüfft schaute er sich um.

Ein Mann mit grauem Haar und wallendem Bart in einem einfachen, fast bis auf den Boden gehenden Mantel stand neben ihm. Die scharf geschnittene, leicht gewinkelte Nase ragte aus dem Gesicht hervor wie ein Wasserspeier von einem Kirchturm. Fritz' Gesichtszüge verdüsterten sich erneut.

„Lass mich, Jude", sagte er absichtlich verächtlich, um den Mann zum Weitergehen zu bewegen. Doch der nahm die Hand nicht fort und sah ihn mit strengem Blick an. Er blieb stumm, aber Fritz meinte trotzdem die Worte zu hören: *Tu jetzt nichts, was unwiderruflich ist.* Er drehte sich um und sah sich den Mann genauer an. Von oben bis unten.

„Wer bist du?" fragte er. „Und was mischst du dich in die Schicksale anderer Menschen ein?"

„Wer ich bin spielt für einen Augenblick keine Rolle. Ich werde es dir später sagen, wenn du es dann noch wissen möchtest. Auch warum ich mich einmische, hier und da. Vorläufig geht es aber nicht um mich, sondern um dich."

„Was interessiert's dich, was mit mir ist", sagte Fritz ärgerlich. „Das geht nur mich alleine etwas an. Ich habe auch keine Lust, darüber zu reden. Überhaupt habe ich in den letzten Stunden viel zu viel geredet."

„Das stimmt", sagte der Mann. „Manchmal ist es besser, erst nachzudenken, bevor man redet. „Viel reden verschiebt die Wirklichkeit, manchmal sogar so weit, dass sie nicht mehr sichtbar ist."

Verblüfft sagte Fritz: „Man könnte meinen, du bist einer vom Film." Gegen seinen Willen begann er zu lächeln. „Da verschieben wir neuerdings die Wirklichkeit sogar ganz gewaltig – und nicht nur in den Unterhaltungsfilmen."

„Ich weiß", antwortete der alte Mann.

„Ach so? Du weißt alles? Dann weißt du ja sicher auch, warum ich hier bin und das es unnütz ist, mir Predigten zu halten."

Der Alte nickte. „Anna", sagte er.

Erstaunt sah Fritz ihm in die grauen Augen. In seinem Kopf lief noch einmal der Film ab, den er erlebt hatte, ohne ihn durch eigene Kameraführung beeinflussen zu können.

*

Fritz war Kameramann in den UFA-Filmstudios. Nachdem er lange als Dokumentarfilmer unterwegs gewesen war, auch Beiträge für die Wochenschau geliefert hatte, wurde er nach der Übernahme der UFA durch das NS-Regime, Anfang 34, auf dem

Filmgelände in Babelsberg fest angestellt. Er war überzeugter Nationalsozialist, glaubte an das Gute, das sie für Deutschland taten und filmte jeden Propagandastreifen, der ihm aufgetragen wurde. Bis man ihm Ende 37, erstmals und indirekt nahelegte, seine Freundin Anna, eine langbeinige, hübsche, braunäugige Frau, aufzugeben. Ihre Ahnenlinie sei so nicht sauber, nicht rein arisch, ließ man ihn wissen. Und tatsächlich, die Nachfragen bei Anna ergaben, ihre Urgroßmutter sei eine Jüdin gewesen. Er war erschrocken. Zunächst. Dann dachte er nach und sagte sich ,Was soll's? Ich liebe sie. Ahnenlinie hin und her – deshalb ist sie kein anderer Mensch als ich es bin.' Er ignorierte weitere, schon offener geäußerte Hinweise. Sprach von Hochzeit und überlegte, mit ihr ins Ausland zu gehen. Und seitdem bröckelte die hehre braune Fassade für ihn. Er nahm nun schrille Töne wahr, die er vorher nicht gehört hatte und erkannte die Propaganda, für die er tätig war, als das, was sie war: Manipulation. Er ordnete seine Verhältnisse, ließ seinen Pass verlängern und brachte einen Teil seiner Ersparnisse in die Schweiz. Der Sommer ging darüber hin, da ihm immer nur wenige Tage Zeit zwischen den Produktionen blieben, sich um diese Dinge zu kümmern. Entsprechend seltener sah er auch Anna. Als er sie nach einer Reise aufsuchen wollte, war sie verschwunden. Ihre Eltern reagierten aufgeregt und verängstigt. Den Vater hatte man schon vorgeladen und misshandelt. Die Leute im Studio, die ihn längst vorher gewarnt hatten, sagten: „KZ. Die siehst du nicht wieder. Sei froh – und kümmere dich nicht darum." Der Produktionsleiter bat ihn in sein Büro, und setzte ihm zu, an sein eigenes Leben, seine Arbeit, seine Karriere zu denken und Anna zu vergessen.

Statt des Geldes hätte ich sie in Sicherheit bringen müssen, stellte Fritz geschockt fest. Heftige Schuldgefühle übermannten ihn und voller Verzweiflung lief er auf die Moltkebrücke. Hier stand er und sprach mit diesem seltsamen alten Mann.

*

„Wer sind Sie?" fragte Fritz erneut.

„Chšayāŗšā ist mein Name", sagte der Alte. „Aber den kennt keiner mehr. Zu viel Zeit ist seitdem vergangen. Die Kulturen sind untergegangen, neue entstanden. Der Staub von vorgestern liegt unter dem Staub von Gestern und Heute und so liegt auch dieser alte Name dort, wo die vermodert sind, die ihn noch kannten. Wenn überhaupt, dann kennt man mich noch unter dem Namen Ahasverus."

„Du bist einer von uns", lachte Fritz. „Einer vom Film, vielleicht nur aus der Mannschaft der Statisten. Deshalb auch die Klamotten. Möglicherweise hast du von mir und Anna gehört. Und mir wollte schon unheimlich werden."

Fritz wandte sich wieder ab und sah von der Brücke ins Wasser hinunter. Aber die Stimmung, die ihn noch vor wenigen Minuten so entschlossen das Geländer fassen ließ, war fort, war verschwunden. Er drehte sich wieder um.

Der Alte lächelte. Das verwirrte ihn und ärgerte ihn zugleich. *Man hätte mich springen lassen sollen. Es wird nie wieder so leicht gehen, wie es eben noch möglich gewesen war.*

Der Alte nickte und sagte: „Das stimmt. Der Augenblick war kritisch. Jetzt ist er vorüber. Zeit, neu nachzudenken und nachzufragen."

Kann er Gedanken lesen? ging es Fritz durch den Kopf. Doch bevor er diese Frage weiterverfolgen konnte, sprudelte aus ihm heraus: „Nachdenken, Nachfragen? Hat das überhaupt noch einen Sinn? Was denn überhaupt fragen?"

„Warum", sagte der Alte. „Das ist die zweitälteste Frage der Welt. Eine Antwort darauf zu suchen ist immer sinnvoll. Selbst dann, wenn man wie ich, deshalb nie zur Ruhe kommt."

„Warum hat man sie mir genommen, und sie weggebracht", platzte es aus Fritz heraus. „Warum dürfen wir uns nicht lieben und müssen, merkwürdiger, unlogischer ...", er zögerte, „... falscher Rasseideen wegen auseinandergerissen werden. Warum muss sie ins Lager und vielleicht dort sterben?"

„Wenn man mit den Warum-Fragen nicht weiterkommt, muss man zur ältesten Frage der Menschheit kommen."

„Und die lautet?"

„Wer?"

„Wie – wer? Wer was? Ich verstehe nicht."

„Wer sagt, dass ihr euch nicht lieben dürft?"

„Die nationalsozialistischen Ideologen!"

„Und müsst ihr euch danach richten?"

„Welche Wahl haben wir denn? Wir können uns ja gar nicht frei entscheiden. Man hat sie abgeholt und ins KZ gesteckt."

„Wer sagt das?"

Fritz stutzte und überlegte. *Wer hatte das gesagt? Annas Eltern nicht. Die wussten selbst nicht, wo sich Anna befand. Sie konnten nur erzählen, dass sie nicht wieder nach Hause gekommen war. Die Kollegen haben das gesagt – nein – der Produktionsleiter, der ihn ins Büro gerufen und ihm zum x-ten Mal zugesetzt hatte. ‚Sehen Sie', hatte er gesagt. ‚Jetzt ist sie im Lager, wo sie hingehört. Und es fehlt nicht viel, dann leisten Sie ihr dort Gesellschaft. Wir brauchen im neuen Deutschland keinen Abschaum. Wir brauchen Deutsche, die sich nicht vermischen und am Aufbau des tausendjährigen Reiches teilhaben. Wo gehobelt wird, da fallen Späne. Grobe zunächst, dann immer feinere, bis das Werkstück so glatt ist, das man darauf Schlitten fahren kann. Kopf hoch, Gerhardt, lassen Sie sich nicht hinunterziehen in den semitischen Schmutz.'*

Er hob den Kopf. Zweifel standen in seinen Augen. Vielleicht war Anna gar nicht im Lager. Möglicherweise versteckte sie sich. Mag sein, dass eine Nachricht zu ihm unterwegs war. Und er hätte sich beinahe ins Wasser gestürzt. Hoffnung flackerte wie ein Flämmchen auf, konnte sich aber gegen den Zweifel nicht behaupten.

In diesem Augenblick ging ein Mann über die Brücke und wollte an ihnen vorbei. Er wandte kurz den Kopf und blieb dann stehen.

„Gerhardt, was machen Sie hier?"

Der Harlan, dachte Fritz, *wissen denn alle schon Bescheid?* Er konnte nichts erwidern. Da lachte der andere.

„Bist du auch einer von den Schlappschwänzen, die Skrupel bekommen und deshalb aus dem Leben springen? Solche Weichlinge wie du passen nicht in unsere Zeit. Du solltest froh sein, dass du deine Judenschlampe los bist. Na dann spring schon, schade um dich, aber besser so, als einen Verräter unter uns zu haben."

Harlan ging weiter. *Sieht er den Alten nicht?* dachte Fritz. Dann kam Wut in ihm hoch und er machte Anstalten, ihm nachzueilen. Ahasverus hielt ihn zurück, und rief dem Mann hinterher: „Harlan, auch du wirst einmal, ehe der Hahn kräht, dreimal geleugnet haben. Aber nicht ihn, den Nazaräer, sondern dich selbst."

Wie angewurzelt blieb der andere stehen, zögerte einen Augenblick, drehte sich langsam um, kniff die Augen zusammen. Dann erst sah er den Alten neben dem Jungen stehen. Erstaunt kam er zurück. Er kannte den Alten, wusste aber nicht, woher. „Auch so ein Jude", murmelte er.

Ahasverus lachte. „In der heutigen Zeit gelte ich sicher auch als Jude, in Wirklichkeit reicht meine Existenz viel weiter zurück.

„Du bist das also", staunte Harlan. Dann drang Hass in seinem Blick durch. „Du bist das. Dich werde ich noch vorführen, verlass dich drauf. Und dann wirst du keinen Fußbreit deutschen Boden mehr betreten können."

„Da wirst du dich aber beeilen müssen", sagte der Alte. „Andere arbeiten schon dran. Viel Zeit bleibt dir auch nicht mehr."

„Wer", schrie Harlan, „wer ist es, der den ‚Jud Süß' schon vorgenommen hat?" Als Ahasverus nur lächelte, rief er: „Ich kenne den Propagandaminister, ich kenne ihn persönlich. Ich werde intervenieren. Warte nur, du kommst mir nicht davon." Und dann drehte er sich um und eilte fort.

„Harlan, du kommst nicht davon", sagte Ahasverus, doch das hörte dieser nicht mehr.

Fritz sah ihm nach, verblüfft über das, was er gerade gehört und gesehen hatte. Dann schien es ihm, als stürzten sich Schatten auf den davoneilenden Harlan herunter. Der wehrte heftig mit den Armen ab und verschwand hinter einer Straßenecke.

„Was war das?" Fritz richtete die Frage eher an sich selbst, denn an seinen Begleiter, erwartete also keine Antwort.

„Asuras. Das waren Asuras. Das sind Wesen, die Stücke aus den Seelen der Menschen reißen. Die haben derzeit viel zu tun. Bei Harlan ist das nicht schlimm, der hat seine Seele ohnehin schon längst verkauft."

„Für einen Statisten wissen Sie viel", sagte Fritz. Dann kam ihm das, was er gesagt hatte, komisch vor und sah den Alten an.

„Du bist kein Statist, nicht wahr? Du bist das, was du vorgibst, zu sein, dieser … dieser … ach egal. Ich glaube, ich bin dir Dank schuldig, aber jetzt muss ich los."

„So?"

„Anna suchen. Und danke für alles." Fritz drückte ihm die Hand und lief fort.

Ahasverus sah ihm lächelnd nach.

Doch Fritz hielt noch einmal an, wandte sich zurück.

„Warum tust du das für uns?" fragte er.

„Vielleicht deshalb, damit die kleine Flamme in diesen dunklen Zeiten nicht ganz erlischt", sagte der Alte. Fritz lief bereits weiter, hatte die Antwort des Alten Mannes noch im Ohr, war jedoch mit dem Gedanken schon längst bei Anna. Er hetzte voran, von der bangen Frage getrieben, wo er sie finden könne.

Ahasverus wandte sich um und ging langsam davon. Hätte ihm jemand hinterher geschaut, hätte er ihn sich im Nebel auflösen sehen können, in dieser nebellosen, wolkenverhangenen Vollmondnacht.

Fritz hastete durch das nächtliche Berlin, suchte seine Wohnung auf, fand keine Nachricht vor, klingelte und klopfte alle Freunde und Bekannten aus den Betten und landete, als der Morgen sich durch die Dämmerung zeigte, bei einer Tante von Anna. Die erschrockene Tante stand im Bademantel in der Tür. Ehe sie den Mann erkannte, hatte Fritz sie schon zur Seite geschoben. Ihm fehlte längst der Atem, um zu fragen. Um zu reden. Er lief durch alle Zimmer und fand Anna in der Küche, wo sie sich angstvoll gegen die Wand drückte, in der Erwartung, die Gastapo wolle sie holen. Sekunden später hielten sie sich umschlungen und weinten vor Freude und Erleichterung. Sie beschlossen noch in der gleichen Stunde, dieses Deutschland zu verlassen. Ohne Planung und ohne großes Gepäck setzten Sie sich in den Zug, fuhren über Dresden, Prag, Linz, Innsbruck nach Zürich, was dank der noch tauglichen Pässe gelang. Wenige Wochen später wäre das zumindest Anna nicht mehr möglich gewesen.

*

Capri – April 1964

Er sah auf den Kranken und dessen ältesten Sohn Thomas, der bei ihm am Bett saß, erkannte, dass es keine Verständigung zwischen beiden gab, das Flehen, des einen um Liebe und das Ringen um Verständnis für das Tun und Wirken des anderen, der schwer erkrankt, keuchend, nach Atem ringend lag und doch nur versuchte, den übergroßen, den Helden zu zeigen, der er nicht war. Sie rangen im Geiste miteinander und merkten nicht das gegensätzliche Bemühen des anderen. Es gab keinen Grund für Ahasuerus, sich ihnen beiden zu zeigen. Dem Jungen ohnehin nicht, der ging längst seinen eigenen Weg, einen anderen, als der Vater.

Dann war Thomas fort. Erleichterung suchend für die Blase und Erleichterung suchen für den Verstand. Nun ging er näher heran, machte sich sichtbar – und wurde doch nicht erkannt. Mit geschlossenen Augen rang Harlan jedem Atemzug das bisschen Sauerstoff ab, das die verschleimten Lungen noch aufnehmen konnten.

„Harlan", sagte der Alte. Doch der Angesprochene hörte nicht.

„Veit", rief er, deutlicher. Da öffnete dieser die Augen und sah ihn dort stehen, wo eben noch sein Sohn gesessen hatte.

„Jude – bist du das?" hauchte er.

„Wenn du mich immer noch so sehen willst, dann bin ich das."

„Was willst du?"

„Dich erinnern."

„An was?"

„An das, was ich dir vor langer Zeit zugerufen habe. Damals, auf der Brücke. Weißt du noch? Als du mir drohtest, dass ich nicht davonkommen werde."

Bruchstücke von Erinnerungen drängten sich ihm auf. „Brücke?" hustete er. „Meinst du die Moltkebrücke – mit diesem … diesem …"

„Ja", sagte Ahasverus. „Die Begegnung mit diesem Schwächling, der wegen einer Judenschlampe hinunterspringen wollte."

Harlan drehte den Kopf zur Seite.

„Weißt du, was ich dir zugerufen habe?"

Er antwortete nicht.

„Bevor der Hahn kräht, wirst du dich dreimal verleugnet haben."

Langsam fuhr der Kopf herum und sah ihn an.

„Ich habe nicht ...", begann er. Ein heftiger Hustenanfall schien seine Brust zu zerreißen. Schweiß stand auf seiner Stirn.

„Du hast", sagte Ahasverus. „Du hast vor Gericht geleugnet, Beihilfe zur Verfolgung geleistet zu haben. In Hamburg vor dem Schwurgericht. Du hast geleugnet, den Jud Süß freiwillig gemacht zu haben. Vor dem Obersten Gerichtshof in Köln. Man habe dich gezwungen, behauptetest du vor dem Richter. Habe ich recht?"

Harlan antwortete nicht, sah ihn böse an.

„Und du leugnest fortwährend vor deinem Sohn die Verantwortung für dein Tun und Treiben. Er sitzt an deinem Bett und ringt mit sich und dir, doch du hast nichts für ihn als die große Geste, mit der du dich vor dem Reich, im Reich und nach dem Reich gezeigt hast."

Harlan versuchte sich aufzusetzen, was ihm nicht gelang.

„Verschwinde … Jud'" flüsterte er. „Mach dich davon. Wenn ich erst wieder bei Kräften bin …"

Ahasverus lachte.

„Du kommst nicht davon, hast du auf der Brücke gerufen. Ich bin davongekommen, komme immer davon, selbst wenn ich es gar nicht will. Aber du, du kommst nun nicht mehr davon. Jetzt nicht, und …"

„Und?", fragte Harlan.

„Damals auf der Brücke hat man sich die Reste von dem geholt, was du zum großen Teil schon verkauft hattest. Deine Seele. Du kommst nie mehr davon, Harlan. Du hast nichts mehr, was davonkommen könnte."

Harlan keuchte. Thomas, sein Sohn, kam zurück, setzte sich ans Bett. Ahasverus sah, wie Harlan nach ihm suchte, sich bemühte, den anderen zu erkennen, aber nur Thomas, seinen Sohn, fand. Er sah die Zweifel in Veits Blick, ob der eine nicht der andere sei oder umgekehrt. Dann wandte er sich ab und verließ die Insel. Verließ diese Zeit.

Das Becksteiner Elfenfest

Johannes Bergmeister war keiner von den Schwär-
mern, die versonnen in die Wolken schauten, Ho-
roskope lasen oder in allem etwas Bedeutsames zu
erkennen meinten. Er hatte in den siebenunddrei-
ßig Jahren, die er halbwegs geradestehen und sich
bewegen konnte, nur wenige Male einen schweren
Fall getan. Als Technischer Zeichner ging er jeden
Tag ohne Verzögerung ins G'schäft und als aktives
Mitglied im Sportverein hatte er genügend Aufre-
gung und Unterhaltung, als dass er sich nach mehr
gesehnt hätte. Dass er sich noch gegen Mitternacht
aufmachte um von Königshofen über den Weinberg nach Beckstein zu gehen, hätte niemand von
ihm erwartet, am allerwenigsten er selbst.

Es war Sommer und auch die Nacht warm und
hell. Der Mond stand rund am Himmel und leuch-
tete alles prächtig aus. Johannes hatte lange mit
Vereinskollegen im Kiebitz, der Kneipe am alten
Königshöfer Bahnhof, die vor Jahren noch ein beliebter Treffpunkt gewesen war, gehockt. Dass er
sich nicht auf sein Fahrrad geschwungen und ohne
Umwege nach Lauda gefahren war - links an der

Bahn entlang und rechts ab und an von der Tauber begleitet – lag weniger an seinem Alkoholspiegel, als an den Gesprächen, die sie den ganzen Abend geführt hatten. Und so viel hatte Johannes auch nicht getrunken. Nur genug, um in eine angenehme euphorische Stimmung zu geraten.

„Du glaubst doch nicht wirklich", sagte Konrad, „dass deine Marianne zu Hause sitzt und Däumchen dreht, während du mit uns becherst und dein Vergnügen hast."

„Sie dreht nicht Däumchen", sagte Johannes belustigt. „Sie kümmert sich um ihre Aussteuer, denn wenn wir im Herbst heiraten …"

Alles lachte, einige grölten. Diesen Spaß hatten sie schon öfters gehabt. Der sonst immer rational und vernünftig denkende Kollege geriet bei diesem Thema stets auf Abwege. Seit einem dreiviertel Jahr war er mit Marianne verlobt. Er – den alle für den eingefleischtesten aller Junggesellen gehalten hatten. Und nun sollte geheiratet werden. Johannes legte dabei Ansichten an den Tag, so altmodisch, wie sie keiner von ihm erwartet hatte. Aussteuer? Das war doch was aus dem 19. Jahrhundert? Jetzt lebte man im einundzwanzigsten. Wer oder was hatte ihn gebissen?

Johannes wusste es selbst nicht. Er konnte auch nicht mitlachen bei so einer ernsten Sache. Er hatte immer gern mit den Freunden zusammengehockt und seinen Spaß gehabt. Früher hatten sie auch einiges zusammen unternommen, waren sogar mal weit über den Main hinaus nach Norden gefahren. Jetzt kam das kaum noch vor. Bei einigen hatte sich die Figur verändert, da ein Zwackelchen zu viel und der Bauch … – trotz Sportverein oder Kegelclub. Aber der Spaß war eigentlich geblieben. Streit hatte es unter ihnen kaum gegeben und wenn doch, war immer alles ohne Aufwand und Folgen zu schlichten gewesen.

Seitdem er Marianne kannte, war es anders. Er geriet in einen inneren Zwiespalt, der von Mal zu Mal heftiger wurde. Bei den anderen war Marianne auch nicht gut angesehen. Als dann Theo sich zu der Aussage hinreißen ließ, dass Marianne in Beckstein ihre Abende und Nächte nicht nur mit Aussteuer und Freundinnen verbrachte, sondern dass der Diephold eine Rolle spielte, stand Johannes auf, lies sein Bier stehen und sagte im Weggehen. „Wir werden sehen. Ihr irrt euch, ihr irrt euch bestimmt."

Verdutzt sahen die zurückgebliebenen Johannes Bergmeister nach. Einer sah auf die Uhr. „Kurz vor Mitternacht, da sollte er lieber heimfahren."

Aber das Fahrrad ignorierte er so wie das Verbot, über die Schienen zu laufen. Er ging direkt und auf geradem Weg auf den Buckel zu, der Königshofen von Beckstein trennt. Johannes ging nicht drum herum – er nahm den direkten Weg drüber hinweg. Später wusste auch er nicht zu sagen, was ihn getrieben hatte. Nur das er gehen musste, sofort und ohne links und rechts zu schauen. Diesem inneren Auftrag kam er nach.

Es zogen nur wenige Wolken über den Himmel und selten genug dunkelte eine den hellen Mond etwas ab. Johannes konnte sich entsprechend gut orientieren und er war schon auf der anderen Seite auf dem Abstieg, als er irritiert stehen blieb.

Hatte ihn da jemand gerufen? Waren ihm die Freunde gefolgt und wollten ihn foppen? Wieder zog eine Wolke vor den Mond und verdeckte ihn halb. Die Umgebung, in der Johannes sich umsah, verlor an Helligkeit und gerade als er weitergehen wollte, hörte er deutlich seinen Namen und sah Schatten zwischen den Rebstöcken, die auf ihn zu huschten.

„Ja? Wer ist da?", rief er etwas unsicher. Und als dann ein Kichern erklang und er erneut gerufen wurde erkannte er überrascht, dass es seine Marianne war. Schon war sie bei ihm und hatte seine Hand genommen. Kühl war sie, angenehm kühl. Das hatte ihn immer schon fasziniert. Nicht warm, heiß, verschwitzt wie bei den Anderen, sondern von angenehmer, wohltuender Kühle.

„Was machst du hier mitten in der Nacht?"

„Und du?", kicherte Marianne.

Johannes suchte nach Worten, um es irgendwie zu erklären, aber er wusste nicht was er sagen sollte. Auch bemerkte er, das weitere Schatten zwischen den Reben hin und her huschten.

„Wer ist denn da noch?", fragte er argwöhnisch.

Marianne lachte und zog ihn mit sich fort. Sie liefen zwischen den Reben ein Stück den Weinberg hinab, wandten sich auf dem Weg, der die Reb-Reihen unterbrach nach rechts, liefen wieder ein Stück hinauf und zurück und bald wusste Johannes gar nicht mehr wo sie waren.

Plötzlich landeten sie auf einer Wiese und er fand sich neben Marianne unter einem Baum sitzen. Sie hatte ihren Kopf in seinen Schoß gelegt und sah ihn aus ihren leuchtenden Augen an.

»Wieso leuchten ihre Augen?«, dachte Johannes, konnte aber nicht weiterdenken, weil Marianne ihn fragte:

„Nun sag - was machst du hier um diese Zeit?"

„Ich wollte zu dir."

Sie kicherte.

„So spät bist du noch nie gekommen. Was ist der Grund? Nur Sehnsucht?"

„Ach, wir saßen noch im Kiebitz zusammen und die anderen haben sich mal wieder lustig gemacht über unsere Heiratspläne. Und plötzlich hatte ich keine Lust, zurück nach Lauda zu fahren und bin losgestiefelt um dich zu suchen."

Marianne setzte sich auf und sah ihn ernst an.

„Das ist aber nicht die ganze Wahrheit! Höchstens die Hälfte!"

„Zweidrittel, mindestens Zweidrittel", versuchte sich Johannes zu rechtfertigen.

Da sprang aber Marianne schon wieder auf und lief über die Wiese sich ständig dabei drehend. Und da waren auch wieder die Schatten, die hin und her huschten und plötzlich fühlte er sich links und rechts gefasst und auf die Wiese gezogen und er musste, ob er wollte oder nicht mithüpfen. Kreuz und Quer und Hin und Her und ob er außer Atem war oder nicht schien niemanden zu stören. Manchmal war Marianne da, umfasste ihn und drehte sich mit ihm im Kreise. Dann war sie wieder weg und es drehten sich andere mit ihm. Er glaubte Stunden so gehüpft und sich gedreht zu haben. Zuletzt war es wieder Marianne, die ihn umfasste und als nach und nach die anderen Schatten verschwanden sanken sie auf der Wiese zu Boden.

Sie küsste ihn leidenschaftlich und er, schon längst nicht mehr Herr seiner Sinne und Handlungen, lies sich mit in die Ekstase ziehen, die ebenfalls Stunden, ja eine Ewigkeit gedauert haben musste. Wann er in den Schlaf hinüberglitt, konnte er nicht sagen. Aber lange geschlafen haben konnte er nicht. Die vom Tau feuchte Wiese weckte ihn. Er fror. Nackt lag er im Gras. Weit und breit kein Mensch zu sehen – auch keine Marianne. Die Morgendämmerung hellte seine Umgebung langsam auf, und so hatte er bald seine Kleidung wieder eingesammelt, die über die ganze Wiese verstreut lag. Eine Weile stand Johannes herum und wusste nicht, was er machen sollte. Dann ging er zurück nach Königshofen, holte sein Fahrrad am Kiebitz ab und fuhr heim nach Lauda.

Der Versuchung, sich krank zu melden, widerstand er. Jetzt zu Hause zu bleiben und womöglich den ganzen Tag nachzudenken erschien ihm schrecklicher, als übermüdet am Computer oder vor seinen Zeichnungen zu hocken. Als er abends geduscht hatte und vorübergehend wieder etwas aufgefrischt war, wollte er sich auf den Weg nach Beckstein machen, um die Angelegenheit mit Marianne zu klären. Irgendwie konnte er sich aber nicht dazu aufraffen.

Er war erleichtert, als es schellte und er Theo vor der Tür stand. Die Erleichterung dauerte jedoch nicht lange, denn Theo machte keine langen Einleitungen:

„Hast du schon gehört, deine Marianne hat sich aus dem Staub gemacht!"

Johannes wurde blass. „Was sagst du da?"

„Sie ist über Nacht abgehauen, hat Mietschulden hinterlassen, ein überzogenes Bankkonto, mehrere kleinere Privatkredite."

Theo lachte.

„Von wegen Aussteuer - ein ganz gerissenes Luder war das."

Da Johannes schweig, schaute sich Theo ihn genauer an.

„Was war eigentlich gestern Abend? Hast du sie noch angetroffen?"

Johannes schüttelte mit dem Kopf, konnte Theo damit aber nicht überzeuge

„Du wirst doch keine Dummheiten gemacht haben? Hast sie erwischt und …", er machte eine Geste des Halsabschneidens. Johannes schüttelte den Kopf.

„Komm rein, Theo. Ich brauch jetzt einen Schnaps und wie ich dich kenne, verweigerst du den auch nicht."

Johannes saß bald wieder mit den anderen Zusammen und hatte seine Fröhlichkeit zurück.

„Das ist noch mal gut gegangen", war sein Standardspruch, wenn ihn jemand auf die geplatzte Hochzeit ansprach.

Nur wenn einer wissen wollte, ob er denn in der Nacht noch bis Beckstein gekommen war, brach Johannes regelmäßig das Gespräch ab. Man konnte dann eine kurze Weile eine eigenartige Versonnenheit bei ihm beobachten.

Das offene Grab

„In solchen Nächten könnte man annehmen, es gäbe Gespenster!", sagte Manfred und lehnte sich zurück.

Die alten Fensterläden klapperten. Ich hatte Sorge, dass einer losreißen würde und dann hieß es, in Sturm und Regen hinauszulaufen und sie wieder zu befestigen. Dazu hatte ich keine Lust und die Anderen sicher auch nicht. Wir saßen in der Bretagne in einem Ferienhaus, das wenig von dem Komfort enthielt, den der Prospekt versprochen hatte. Auch das Wetter war uns nicht wohlgesonnen – Sturm und Regen seit drei Tagen. So saßen wir mit unseren neuen Bekannten aus den benachbarten Ferienwohnungen zusammen, spielten Karten, redeten, lasen uns vor und versuchten hin und wieder gemeinsam ein Lied. Manfred hatte seine Gitarre dabei aber wir kamen selten über die zweite Strophe hinaus.

„Hör bloß auf!", erwiderte Moni auf Manfreds Bemerkung. „Ich bekomm sonst die ganze Nacht kein Auge zu."

„Er meint das doch nur ironisch, weil es in den Gruselfilmen immer solches Wetter gibt, wenn Gespenster oder Mörder kommen", versuchte Julia abzulenken, doch Manfred schüttelte den Kopf und schwieg. Ich stand auf und ging in die Küche, um etwas zu trinken zu holen. Als ich zurückkam saßen alle stumm da und die Frauen schienen etwas verstimmt.

„Was ist los? Wir haben uns doch bisher von dem Wetter nicht unterkriegen lassen!", versuchte ich die Stimmung etwas zu heben. „Irgendwann ist die Sonne schon wieder da, wenn auch nicht heute Nacht."

Moni sah weg und Julia sagte: „Manfred hört nicht auf mit seiner Gespensterfaselei."

„Und du?» fragte er mich. «Glaubst du an Geister und Übersinnliches?»

Ich war zu verdutzt, um darauf antworten zu können. Manfred fuhr fort:

„Ich bin ein rational denkender Mensch und weit davon entfernt, an den Blutfleck auf dem Boden, das Kettengerassel im Schloss oder das Wesen im weißen Betttuch zu glauben. Aber dieses Wetter heute, diese Stimmung, die mich überfallen hat, erinnert mich an ein Erlebnis aus meiner Jugend."

Ich schüttete Wein in die leeren Gläsern, stellte die Flasche auf den Tisch, legte mich auf den Boden und rollte mich in eine Decke ein.

„Erzähl!"

Die Frauen sahen mich entsetzt an, aber Manfred ließ sich nicht beirren und begann zu erzählen.

„Ich wuchs nicht weit von einem Friedhof auf, und dieser war durchaus ein beliebter Spielplatz in der Kinderzeit. Hinter Grabsteinen konnte man gut Verstecken spielen. Es gab dort auch viele Kaninchen, die sich jagen ließen. Manche Schramme haben wir uns geholt, wenn wir über die Gräber stolperten. Hatten wir im Sommer zu viele Stichlinge gefangen, so setzten wir diese immer in den Wasserbecken aus, aus denen das Wasser zum Begießen der Gräber geholt wurde.

Wenn die Abende im Herbst schneller herankamen als wir nach Hause mussten, dachten wir uns manche Mutprobe auf dem Friedhof aus, die aber mehr zum Jux als zur Ängstigung beitrug. Gespenstergeschichten lasen wir uns gegenseitig vor und richtige Furcht mit Gänsehaut hatten wir höchstens vor der nächsten Mathe-Arbeit, für die wir mal wieder nicht richtig gelernt hatten.

Dann kam der Sommer – ich war zwölf Jahre alt, das weiß ich genau, weil ich im Herbst dreizehn wurde und mich fast zeitgleich zum ersten Mal verliebt hatte – der Sommer also, in dem wir uns noch einmal beim Indianerspiel so richtig austobten. Darüber vergaßen wir alles – sogar das Wetter. Einmal wurden wir von einem Gewitter überrascht, das an Mächtigkeit kaum zu überbieten war. Die dunklen Wolken hatten wir ignoriert, die ersten Tropfen noch weggesteckt. Dann knallte es und viel Zeit zum Zählen blieb nicht. Es folgte Blitz auf Blitz und innerhalb von wenigen Minuten hatte uns der Sturzregen bis auf die Haut durchnässt. Das Spiel war vorbei und ohne große Absprache liefen wir heim und zerstreuten uns am Rande der Stadt.

Mein Weg führte am Friedhof vorbei. Sollte ich den direkten Weg quer darüber nehmen? Das war der kürzer Weg und viel nachdenken konnte ich nicht mehr, denn die in schneller Folge kommenden und blendenden Blitze beunruhigten mich inzwischen nicht wenig. Es war schon die Zeit über das Abendbrot hinaus und sicher würde ich bereits erwartet. Also hastete ich durch das Tor quer über den Friedhof auf den Durchschlupf in der gegenüberliegenden Hecke zu, der mich direkt auf unsere Straße bringen würde. Dabei übersah ich aber, dass ein neues Grab ausgehoben war. Ich musste dran vorbei, rutschte auf dem glitschigen Lehm aus und fiel hinein. Es wurde alles dunkel um mich herum und ich verlor das Bewusstsein."

„Ich wäre gestorben", unterbrach Moni. „Auf der Stelle. Hör lieber auf so etwas zu erzählen!" Julia stieß ihr den Ellenbogen in die Seite und verzog das Gesicht. Moni seufzte und ergab sich in ihr Schicksal.

„Als ich wieder zu mir kam, sah ich ganz weit oben einen rechteckigen Rand und darüber den vollen, hell leuchtenden Mond. Es regnete nicht mehr und es zogen nur noch wenige Wolkenfetzen über den Himmel. Ich stand auf und wollte aus dem Grab heraus – aber das ging nicht. Es war überraschend tief. Selbst mit ausgestreckten Händen kam ich nicht an den oberen Rand. Ich rief und rief, schrie und brüllte und hörte irgendwann weinend auf. Durchnässt und durchfroren setzte ich mich nieder in den klitschnassen Lehm und wartete ab.

Schlimme Gedanken gingen mir durch den Kopf. Wurde ich denn gar nicht vermisst? Suchte mich denn niemand? Meine Eltern hätten doch bei meinen Freunden anrufen können und dann erfahren, dass die schon längst daheim waren. Vater kannte doch den Weg und viele Alternativen waren da nicht zu prüfen. Oder war er auch so ein Schisser und traute er sich nachts nicht auf den Friedhof? Vielleicht wollten meine Eltern mich auch gar nicht mehr haben und waren froh, dass sie mich los waren. Morgen früh würden sie dann vielleicht der Polizei melden, dass ich abends nicht heimgekommen wäre und hofften insgeheim, dass es für jede Hilfe bereits zu spät sei. Meine düsteren Gedanken wurden durch ein Geräusch gestört, das mich aufsehen ließ. Fast blieb mir das Herz stehen. Da saß einer am Grabesrand, lies die Beine hineinbaumeln und grinste mich an.

‚Na, Jingla, nicht aufgepasst?'

Vor Schreck konnte ich nichts sagen.

‚Und nun kannst du nicht mehr raus aus dem Loch.'

Der Mann stand auf und streckte mir die Hand entgegen.

‚Na komm, da will ich dir mal helfen!'

Der Arm schien immer länger und länger zu werden und irgendwann war er so weit unten, dass ich die Hand fassen konnte. Es war eine kalte, klamme Hand mit viel Kraft, denn mehr zog sie mich, als dass ich Hilfe beim Hinausklettern geben konnte. Der Arm wurde immer kürzer, je höher ich kam und dann war ich draußen. Da stand er vor mir, in dem alten Mantel, den merkwürdigen Schuhen mit den Schnallen, dem altertümlichen Hut und einem Dreitagebart im Gesicht.

‚Dankeschön!', flüsterte ich. ‚Ich muss jetzt nach Hause', und wollte weglaufen.

Doch wohin?

Wo war die Hecke mit der Lücke, wo war der Friedhof den ich kannte? Um mich herum sah ich viele Löcher, offene Gräber und ich traute mich plötzlich nicht mehr zu laufen, aus Angst wieder irgendwo hinein zu fallen.

‚So ist es recht‘, sagte der kleine Mann neben mir und nahm meine Hand. ‚Nicht so hastig, sonst geht's gleich wieder hinunter.‘

An der Hand des seltsamen Mannes wurde ich sicher zwischen den offenen Gräbern hindurchgeführt. Dann standen wir auf einer Wiese und ich wusste immer noch nicht, wo wir waren. Da war nicht unsere Straße, da war nicht unsere Stadt, da war überhaupt nichts, das ich kannte. Jenseits der Wiese sah ich ein paar alte Häuser, eine kleine Kapelle – alles so düster wie auf einem alten Kupferstich.

Wir gingen darauf zu, zwischen den Häusern hindurch, an der alten Kirche vorbei und gelangten auf einen Platz, auf dem Bänke aufgebaut waren. Fast hätte ich gesagt: Bierzeltbänke; aber es waren ältere Bänke. Das Holz schon schwarzgrau, teilweise zersplittert und mit großen Rissen. Darauf saßen einige Menschen. Männer, Frauen, einige Kinder. Alle so altertümlich angezogen wie mein Begleiter. Und alle sahen mich erwartungsvoll an. Der Mann führte mich zu ihnen und sagte: ‚Da ist er nun. Seht ihn euch gut an‘, und ließ mich los. Unter all diesen Augenpaaren, die auf mir ruhten, wurde mir angst und bange.

‚Das ist also …‘, begann jemand und stockte dann wieder.

‚Na sag schon!‘. Das Männlein, das mich hergebracht hatte, stupste mich ein wenig. ‚Wie heißt du?‘, fragte es. Aber ich brachte nichts heraus. Zwar machte ich einen Versuch, aber mein Mund schien ausgetrocknet, meine Kehle zusammengeschnürt zu sein. Ich bekam nur einen krächzenden Laut heraus.

‚Er hat Angst‘, sagte ein kleines Mädchen plötzlich und ein älterer Mann nickte.

‚Das Madla hat recht.‘ Dann zu mir gewandt: ‚Das brauchst du nicht … Angst haben. Wir werden dir nichts tun und nichts mit dir tun. Wir wollten dich nur sehen und vielleicht etwas mit dir reden. Oskar wird dich dann zurückbringen und möglicherweise wirst du alles schnell vergessen.‘

Der alte Mann – so grau und unheimlich er aussah – wirkte auf mich doch etwas beruhigend. Nachdem mein Blick noch einmal die Runde gemacht hatte und auf allen Gesichtern nur eine gewisse Traurigkeit erkennen konnte, fasste ich mir ein Herz und sagte leise: ‚Manfred.‘

‚Und du bist der Ur-Ur-Enkel vom alten Johann?‘, fragte schüchtern eine Frau?

‚Ich weiß nicht', konnte ich nur sagen. Meinen Opa hatte ich noch kennen gelernt. Aber er war zwei oder drei Jahre zuvor gestorben. Von meinem Urgroßvater und Ur-Ur-Großvater hat niemand in der Familie gesprochen und auch alte Bilder wurden nicht herumgereicht, wenn es denn überhaupt welche gab.

‚Doch, doch. Wir wissen das', sagte wieder der alte Mann. ‚Wir holen alle Nachkommen von Johann und schauen sie uns an.'

‚Und warum?', fragte ich, jetzt doch neugierig geworden?

Doch mehr als Schweigen war zunächst nicht zu bekommen. Alle sahen mich an und keiner sprach.

‚Warum?', fragte ich erneut. ‚Warum holt ihr alle Nachkommen von Johann?'.

‚Wir sollten es ihm sagen', sagte das kleine Mädchen nach einer Weile in das Schweigen hinein.

‚Sie hat Recht', ließ sich das Männlein vernehmen, das mich hergebracht hatte. ‚Er ist der Erste, der fragt.'

Der alte Mann nickte.

‚Wir kommen alle aus Polen, aus einem Dorf ... nun, vielleicht es ist besser, wenn du den Namen nicht kennst. Du kannst es hinter uns sehen. Und unser Leben auf dieser Erde und in diesem Dorf hat aufgehört im Jahre 1836. Schuld war er.'

Dabei wies er mit dem Kopf nach rechts. Ich schaute hinüber und sah weit entfernt einen Menschen auf und ab hüpfen und gegen eine unsichtbare Mauer anrennen. Und es sah aus, als brüllte und schrie er. Aber es war nichts zu hören. Er war ähnlich altertümlich gekleidet wie die Leute um mich herum, nur etwas besser. Glücklich sah er aber nicht aus. Traurig auch nicht. Nur wütend und … ich hatte den Eindruck: böse.

‚Ja, dass ist er, dieser Lork', sagte der alte Mann. ‚Johann Textorius. Ein reicher Textilfabrikant, der uns Weber ausnahm und ausbeutete und dann, als es wieder einmal die Zeit für ein Judenpogrom des Zaren war – unser Dorf war ihm unterstellt – da war er derjenige, der als Erster gerannt kam, uns aus den Häusern zerrte, den Kommissaren des Zaren übergab und die erste Fackel in ein Haus warf. Er war Hauptankläger beim Gericht, beschuldigte uns, das Trinkwasser vergiftet und die schwangeren Frauen verhext zu haben. Es hat einige Fehlgeburten und tote Kinder gegeben – aber das gab es ja immer. Auch bei uns. Er ereiferte sich und log und so wurden wir alle verbrannt. Alt und Jung. In einer Nacht. Und er lief noch um den Scheiterhaufen und lachte und beschimpfte uns abwechselnd.'

Mir stockte der Atem. ‚Warum hat er das getan?‘, fragte ich entsetzt. Alle schwiegen, nur eine junge Frau trat vor.

‚Meinetwegen. Mich wollte er haben – im Guten oder Bösen. Ich habe ihn abgewiesen, immer wieder. Und als er über mich hergefallen ist, an einem Tag, an dem ich zur Stadt unterwegs war, habe ich ihm ein Messer in die Schulter gestochen. Ich hatte es schon aus Vorsicht dabei, da er mir angekündigt hatte, dass er mich nehmen wolle, wenn ich nicht freiwillig käme. Er schwor Rache und hatte sie nur zu bald bekommen.‘

Ich sah wieder hinüber, wo der Mann immer noch auf und ab hüpfte und gegen die unsichtbare Mauer anrannte. Er schien müder geworden zu sein, aber er ließ nicht nach.

‚Er kann nicht kommen’, sagte jetzt ein anderer, jüngerer Mann. ‚Er versucht es immer wieder und muss es immer wieder versuchen. Aber er kann nicht kommen.‘

‚Und euch alle hat er auf dem Gewissen?‘, fragte ich betreten und war jetzt mindestens so traurig wie alle um mich herum.

‚Ja!‘, sagte der alte Mann. ‚Außer den Oskar, der dich hergebracht hat. Wir brauchen immer jemanden von dort, wo die Nachkommen leben.‘

‚Und warum macht ihr das?‘, fragte ich. ‚Wollt ihr euch rächen?‘

Der alte Mann schüttelte den Kopf.

‚«Nein. Die Rache ist nicht unsere Aufgabe. Aber wir wollen schauen, ob etwas von dem Bösen des Johann Textorius in seinen Nachkommen lebt. Dann müssten wir die warnen, denen das Böse zuteilwerden könnte.‘

‚Und? Hat es das schon mal gegeben, das einer der Nachkommen so böse wurde wie er?‘

Er schüttelte den Kopf. ‚Gott sei Dank – nein. Und es kommt nun auch nicht mehr. Nach drei Generationen tritt das nicht mehr auf, was man den Nachkommen an Bösem mitgeben könnte. Ich glaube nicht, dass wir noch mal jemanden holen müssen. Du wirst der letzte gewesen sein, falls du nicht noch ein Brüderchen bekommst.‘

‚Meine Eltern sagen, dass ich der Einzige bleibe.‘ Ich konnte schon wieder etwas lächeln. Da standen alle auf und gaben mir der Reihe nach die Hand. Zum Schluss hielt das kleine Mädchen, das mir über die Angst hinweggeholfen hatte, meine Hand fest und sah mir in die Augen. ‚Gut, dass du jetzt erst gekommen bist‘, gab mir einen Kuss auf die Wange, der sich wie ein leichter Windhauch anfühlte. Dann wandte es sich ebenfalls ab und ging zu den anderen zurück.

Oskar, der Mann, der mich hergebracht hatte, nahm nun wieder meine Hand. ‚Na los. Jetzt gehts wieder heim.'

Wir sprachen nicht auf dem Rückweg. Als wir auf dem Friedhof angekommen waren und er mir das Grab wies, kam die Angst wieder hoch. Ich weigerte mich, hinabzusteigen. Da sagte er leise ‚Nun komm schon. Es tut nicht weh. Ich helfe dir hinein und gleich wird dich jemand herausholen. Aber rein muss du jetzt. Was rein kommt, muss raus und was raus kommt muss rein. Das ist immer so.» Und sachte ließ er mich an seinem langen Arm hinunter.

Ich weiß nicht, wie viel Zeit wirklich vergangen war. Ich kam zu mir, als zwei Männer mich bei strömenden Regen aus dem Grab hoben. Einer dieser Männer war mein Vater. Ein Passant hatte einen Schrei gehört – obwohl ich mich nicht erinnern konnte, geschrien zu haben. Mein Vater war gerade auf der Straße, um mich zu suchen. Sie fanden mich im Grab und bald war ich in der warmen Küche. Noch bevor ich die nassen Kleider herunter hatte, sprudelte alles aus mir heraus, was ich erlebt – erträumt? – hatte. Die Mutter sagte: ‚Hör auf. Das ist der Schreck. Was spinnt sich der Junge da zusammen. Das kommt von dem Zeug, dass er immer liest.' Aber der Vater war still und als ich, eingewickelt in eine warme Decken, eine Tasse heißen Kamillentee in beiden Händen, am Küchentisch saß, kam er mit einem dicken Paket an. Er wickelte aus dem Packpapier eine alte Kiste, aus der er vergilbte Fotos, alte Ansichtskarten und zerschlissene Dokumente hervorzog.

‚Das war im Nachlass deines Großvaters. Ich habe es bisher nicht angerührt, weil ich mich damit nicht beschäftigen wollte. Aber so viel weiß ich: Mein Großvater kam aus Polen. Er war Deutscher und gehörte einer Familie an, die vor mehr als zweihundert Jahren aus Baden nach Polen gezogen ist. Er war Weber und seine Vorfahren auch. Textorius hieß allerdings keiner meiner Vorfahren.‘ Dabei blätterte er die alten Urkunden durch.

‚Hast du deinen Lateinunterricht vergessen?‘ fragte die Mutter plötzlich. Vater sah auf. ‚Textorius?‘ Dann wurde er blass. ‚Tatsächlich‘, sagte er, ‚Textor heißt ja Weber.‘“

Der Regen hatte aufgehört und der Wind etwas nachgelassen. Die Weingläser waren leer und keiner mochte zunächst etwas sagen.

„Das hast du dir jetzt ausgedacht!“, sagte Julia. Manfred schüttelte den Kopf.

„Ich hatte es vergessen. Noch nicht einmal eine Erkältung bekam ich damals. Es war ein warmes Sommergewitter und wahrscheinlich habe ich nicht lange in dem Grab gelegen. In den nächsten Tagen war es wieder schön und Spiele waren angesagt,

Freibad und Ausflüge mit dem Fahrrad. Dann kam der Herbst, mein dreizehnter Geburtstag und – wie schon gesagt – meine erste Liebe. Vater hat auch nie wieder die Kiste mit den Fotos und Urkunden vorgeholt, wenn ich dabei war. Ich weiß gar nicht, ob sie noch existiert. Und erst das Wetter hier, noch westlicher von Polen, als meine Heimat am Rande des Ruhrgebiets, bringt diese Kindheitserinnerung wieder hoch."

Und als wäre das eine Vorausschau, war das Wetter am nächsten Tag endlich schön. Die Sonne kam vor, es wurde warm und bereits einen Tag später gingen wir ins Meer. Die Erzählung von Manfred war in diesem Urlaub kein Thema mehr und schon auf der Rückreise vergessen. Erst jetzt, wo ich bei Sturm und Regenschauer in meinem Dachzimmer sitze, fällt es mir wieder ein und muss aufgeschrieben werden.

Aufenthalt

„Ich bin in einem Augenblick wieder da", sagte er, bevor er den Zug verließ, um eine Zeitung zu kaufen. Sie nickte nur müde und döste weiter, war für eine Antwort schon zu verärgert über den verlängerten Halt auf diesem Bahnhof.

Auf dem Bahnsteig stand Martin zunächst ein paar Sekunden desorientiert herum, bevor er die Treppen hinunter und Richtung Ausgang lief, weil er dort die Bahnhofshalle mit einem Kiosk vermutete. Plötzlich stolperte er, konnte sich jedoch noch mit Mühe fangen. Als er sich umwandte, sah er einen Bettler auf dem Boden sitzen, den obligatorischen Pappdeckel und die Dose mit wenigen Münzen vor sich. Verärgert wollte er einige Bosheiten sagen, als sein Blick in das Gesicht des Obdachlosen traf.

„Mensch, Hannes …", entfuhr es ihm stattdessen und obwohl der Angesprochene sich kaum rührte und nur stumpf vor sich hinsah, spulte in Martins Hirn ein Film wie im Zeitraffer ab. Er sah sich nach der Schule mit ein paar Freunden durch die Felder laufen, sich mit den gleichen Freunden vor einer Disko einfinden, sah sich mit einer kleineren Gruppe in der Mensa einer Universität, erkannte sich zusammen mit einer Frau und den bittenden Blick eines Freundes, hörte sich lachen und sah sich schließlich in ein Flugzeug steigen, unberührt von den Tränen des Mädchens, das am Flughafen zurückblieb, sah sich mit dem Telefonhörer in der Hand und hörte sich die harten Worte sprechen: *An ihrem Selbstmord bin ich nicht schuld. Jeder ist für sich selbst verantwortlich.*

Dann sah er wieder auf den Bettler am Boden und hörte sich sagen: *„Wenn ich das gewusst hätte, alles hätte anders werden können.*"

Wieder lief es in Windeseile vor seinen inneren Augen ab. Er sah sich mit Hannes nach dem Examen in der Kneipe feiern, sah sich zu Besuch bei Hannes und seiner Familie, seine und die Kinder des Freundes beim Spielen beobachten, sah sich vor dem gemeinsam errichteten Geschäft stehen, noch nicht alt genug, um das nicht fröhlich zu nehmen, sah sich ernsthafter und gesetzt in seinem mondänen Büro die Worte seines Freundes und Compagnons lauschen und blickte endlich auf die beiden alten Männer, die das Firmengebäude verließen, nachdem sie es ihren Töchtern übergeben hatten.

Martin wischte sich über die Stirn und sah zu Boden, kein Obdachloser, kein Bettler war zu sehen. Verwirrt wandte er sich um, ohne eine Zeitung gekauft zu haben, stieg die Treppe hinauf und suchte den Wagen des Zuges, den er verlassen hatte.

*

Fragend sah sie den alten, grauhaarigen Mann an, der zugestiegen war, sich zu ihr gesetzt hatte und sie mit ihrem Vornamen ansprach.

Die Dame mit den grünen Augen

Nicht nur eine Weihnachtsgeschichte

Die Zeit der Weihnachtsmärkte war wieder einmal gekommen und der Verpflichtung, meine Frau durch die Märkte der Region zu begleiten konnte ich mich schwer entziehen. Miltenberg sollte es sein, da ein ganz besonderer Lichterzauber versprochen wurde. So fuhren wir erst am frühen Nachmittag los, um den Wechsel vom Tag über die blaue Stunde in die Nacht der illuminierten Stadt mitzuerleben. Zurück wollte meine Frau fahren. So brauchte ich dem Glühwein oder Punsch oder beidem nicht gänzlich zu entsagen.

Nachdem wir eine Weile gemeinsam Stadt und Stände besucht hatten, vereinbarte ich mit ihr eine Uhrzeit, zu der wir uns treffen wollten. Während Sie weiter den Weihnachtsmarkt erkundete, steuerte ich den Glühweinstand an, holte mir ein erstes dampfendes Glas, mit dem ich mich dann etwas abseits stellte und in kleinen Schlucken die wärmende Flüssigkeit genoss. Ich dachte dabei an nichts, sondern stellte mir Musik vor. Entwarf zum hundertsten Mal die Sinfonie, die ich komponieren wollte, als Autodidakt und doch so großartig, das sie als Jahrhundertwerk gelten könnte. Während ich noch darüber nachsann, ob es einen fulminanten Anfang geben sollte oder eher einen verhaltenen Einstieg, nur mit Streichern und der Oboe, die das Thema darüber legte - ich hatte es schon ganz genau im Kopf, in c-Moll – trat ein dunkler, schlanker Mann neben mich.

„Schmeckt's?"

Ich schaute ihn näher an, wunderte mich über die seltsame Jacke, die eher ein Frack war und den eigenartigen Hut. Irgendwo hatte ich den schon mal gesehen, konnte mich aber nicht erinnern, wo.

„Doch", sagte ich. „Leidlich."

Der Mann seufzte

»Soll ich sie zu einem Glas einladen?« fragte ich spontan und ärgerte mich gleich darauf über meine Freigebigkeit. Ich kannte ihn doch gar nicht. Aber nun ... gesagt war gesagt.

„Gerne", antwortete mein Gegenüber erfreut. Schnell trank ich mein Glas aus und ging los, zwei neue zu holen. Als ich zurückkam, nahm er mir das Glas aus der Hand. Ich spürte seine kalten Hände und bekam Mitleid. Er hatte das heiße Getränk sicher nötiger als ich, also war es in Ordnung, dass ich ihm eines spendierte. Er trank einen Schluck und musste anschließend fürchterlich husten.

Schnell nahm ich ihm das Glas ab, weil er sonst gleich die Hälfte verschüttet hätte. Als der Anfall vorbei war, nahm er es dankbar zurück.

„Nett von Ihnen", sagte er. „Keine schlechte Idee übrigens."

„Welche Idee?", fragte ich.

„Na das Thema für die Symphonie, das Sie eben entworfen haben."

Ich war sprachlos. Hatte ich die Melodie gesummt oder gepfiffen? Ich dachte nicht, aber manchmal passierte so etwas.

„Nehmen sie aber keine Oboe, das klingt dann zu klagend. Eine Flöte ist besser. Das Thema muss strahlend kommen. Im zweiten Satz, Adagio oder Andante, da passt eine Oboe für das Thema."

Nun war ich platt und besah mir den Kerl genauer.

„Sie sehen aus wie die Figur da hinten unter den Bäumen."

Er nickte.

„Das ist nicht schön immer nur dort zu stehen und allen zuzusehen. Außerdem ist es kalt, und etwas Aufwärmung zwischendurch könnte nicht schaden."

„Herr Kraus …"

„Joseph Martin, oder einfach Joseph, so nennen mich die Freunde."

„… ich habe Sie nicht gleich erkannt."

„Macht nichts", sagte er betrübt. „Das ging mir schon zu Lebzeiten oft genug so."

„Aber man hat Sie doch geschätzt, zumindest bei den Schweden."

„Nun ja", antwortete er und nahm einen Schluck aus dem dampfenden Glas. „Im Grunde schon. Aber in der Heimat hatte man mich total vergessen. Und auch in Schweden habe ich lang genug ein kümmerliches Leben geführt. Alle haben meine Musik gelobt, aber wie derjenige, der diese Musik ersonnen hat, sein Leben fristen kann, das interessierte die wenigsten."

„Das tut mir leid. Immerhin sind Sie auch in der Heimat heute nicht ganz unbekannt. Sonst hätte man Sie hier auch nicht aufgestellt."

Er schüttelte nur den Kopf.

„In Armut habe ich gelebt, auch in Stockholm die ersten Jahre. Es hat gedauert, bis ich vom König Gustav III. zum Hofkapellmeister ernannt wurde und ein jährliches Gehalt erhielt. Das war – Augenblick – ja, 1781. Doch damals war ich bereits so krank, dass an eine endgültige Genesung nicht mehr zu denken war."

„Immerhin", wagte ich einzuwenden, „war Ihnen noch mehr als ein Jahrzehnt beschieden."

„Ich will mich nicht beklagen", sagte er. „Es war ja nicht alles schlimm. Ich hatte Freunde und wurde durchaus geschätzt. In Wien hat sich Joseph Haydn über die Symphonie, die ich ihm geschenkt habe, so sehr gefreut, dass er mich umarmte und den einzigen, der noch Symphonien schreiben könne, nannte. Was natürlich nicht stimmte, aber gefreut hat es mich doch. Und in Stockholm hat mein Freund, Carl Michael ..."

„... Bellmann", sagte ich.

„Genau – der – eine Epistel auf mich gemacht und in seine Liedersammlung aufgenommen. Nein, das alles habe ich nicht vergessen."

Ein Lächeln hatte sich in seinem Gesicht breitgemacht. Der Becher war inzwischen leer und ich nahm ihn ihm aus den Händen, versprach noch einen zu holen und ging zum Glühweinstand. Leider war die Menge, die um das beliebte Getränk anstand, größer geworden, sodass es eine Weile brauchte, bis ich zurückkehrte. Er stand noch da, schaute aber wieder düster vor sich hin.

„Herr Kraus ... Joseph ... bitte, Ihr Glühwein."

Er nahm ihn, sagte aber nichts.

„Welch düstere Gedanken haben Ihr freundliches Lächeln vertrieben?", fragte ich.

„Die Erinnerung an den dunkelsten Tag meines Lebens", sagte er.

„Ach, denken Sie doch nicht dran, es ist Weihnachten."

„Das sagt sich so leicht."

„Erzählen Sie", forderte ich. „Manchmal wird es leichter, wenn es ausgesprochen ist."

„Erzählen?" Er nippte am heißen Wein. „Also gut."

Er winkte mich ein wenig näher heran.

„Die Geschichte fing früher an«, erzählte Kraus. „Genau am vierten Advent des Jahres 1791. Die Feierlichkeiten am Hofe beanspruchten mich stark. Neben Kirchenmusik waren auch Sinfonien aufzuführen und ein Singspiel. Als ich mich zwischendurch für eine Stunde zur Erholung zurückziehen wollte, sprach mich eine junge Hofdame an und bat um Gesangsunterricht. Das passte mir gar nicht, ich wollte absagen und alles auf das neue Jahr verschieben, aber dieser Blick aus ihren grünen Augen, dieser Blick ließen alle Vorsätze wanken. ‚Kommen Sie', sagte ich und zog mich mit ihr in ein Zimmer zurück, in dem ein Stein'scher Hammerflügel stand. Ich gab ihr ein Notenblatt, das gerade herumlag in die Hand. Es war zufällig eine Aria, die ich zum Geburtstag des Königs geschrieben hatte. Noch immer erwartete ich das übliche

Dilettantentum, dass gerade in den Hofkreisen so grassierte. Als sie aber nach der Einleitung auf dem Klavier zu singen begann, hätte ich fast aufgehört zu spielen. Ich lauschte hingerissen, meine Hände spielten von allein. Das Stück war zu Ende und ich blieb stumm. ‚Will Er nicht etwas dazu sagen?‘, fragte die Dame. Ich schüttelte den Kopf. ‚Bedaure, gnädige Frau‘, sagte ich. ‚Ich kann Ihnen keinen Unterricht erteilen.‘ Ihr Gesicht drückte Erschrecken aus. ‚Bin ich so schlecht?‘ ‚Nein‘, war meine Antwort. Ich kniete vor ihr nieder. ‚Es gibt nichts mehr zu verbessern. Ich kann Ihnen nichts mehr beibringen.‘ Da lächelte sie. ‚Aber vielleicht ich Ihnen‘, flüsterte sie, kniete sich zu mir nieder, legte mir ihre Hände auf meine Schultern und zog mich behutsam zu sich heran. Ich hatte das Gefühl, in ihrem Blick aufzugehen. Das Grün ihrer Augen erfüllte mich ganz. Als ich ihre Lippen auf meinen spürte, explodierte etwas in mir, sodass ich ab diesem Zeitpunkt nicht mehr Herr meiner selbst war, ganz und gar ihrem Willen unterlegen. Und das störte mich kein bisschen.

Dies war die schönste Stunde, die ich bis dahin in meinem Leben erlebt hatte. ‚Werde ich Sie wiedersehen?‘, fragte ich sie, als sie sich von mir löste und ihre Kleider zurecht zupfte, klopfte und zog. ‚Vielleicht‘, sagte sie schelmisch. ‚Beim nächsten Maskenball, den der König gibt, suche Er mich. Wenn Er mich findet, bin ich sein.‘ Sie lachte, beugte sich noch einmal zu einem Kuss zu mir herab und lief dann fort.«

„Habt Ihr sie beim Maskenball erkannt?", fragte ich ihn neugierig.

„Gemach", sagte Kraus lächelnd, bekam aber gleich darauf einen Hustenanfall, der ihn so schüttelte, dass er den Rest seines Glühweins verschüttete. Ich nahm ihm das Glas aus der Hand und ging zum Stand, um neuen zu besorgen, denn auch mein Glas war inzwischen wieder leer. Als ich zurückkam, hatte er sich gefangen. Dankbar nahm er den warmen Wein entgegen.

„Schweden ist kalt im Winter", erzählte er weiter. „Ich habe in Stockholm immer gefroren. Nur an jenem Weihnachten des Jahres 1791 fror ich nicht, obwohl es draußen so kalt war wie lange nicht mehr. Unter König Gustav III. hatten wir Künstler es gut. Er liebte die Kunst, war darüber hinaus angenehm sachverständig. Nur so konnte ich mich gegen meine zahlreichen Gegner behaupten. Da ich mich nie in den Vordergrund drängte und auch keine Campagnen für mich unternahm, wie Abt Vogler es im großen Stil tat und auch Joseph Haydn mir in Wien anriet, wäre ich an manch anderem Hof gar nicht erst so weit gekommen. Aber der König wusste, was er an mir hatte – und unterstützte mich und manchen anderen.«

„Bellman zum Beispiel auch", wandte ich ein.

„Ja, Carl Michael wäre ohne den König viel eher unter die Räder gekommen. Er hat mich ja nicht lange überlebt."

Kraus nippte am Glühwein.

„Im März sollte es den Maskenball geben. Ich fieberte ihm entgegen. Konnte ihn nicht erwarten. Und dann hieß es, er wird abgeblasen. Es bestände Gefahr für den König. Zwei Tage und Nächte rang ich mit der Verzweiflung. Kein Maskenball. Keine grünen Augen. Das würde ich nicht überleben. Doch der König gab nicht nach. Der Maskenball sollte stattfinden. Ich atmete auf und organisierte weiter die Musik, die dafür nötig war. Nachher bereute ich mein eigensinniges Wünschen. Es wäre für uns alle besser gewesen, der König hätte nachgegeben."

„Wer weiß", sagte ich. Darauf sah er mich nur klagend an.

„Als der Maskenball begann, konnte ich mich kaum auf die Musik konzentrieren. Aber ich hatte vorgesorgt und so viel wie möglich delegiert. So hatte ich die Oberaufsicht über die verschiedenen Ensembles, griff jedoch nur selten leitend ein. Stattdessen suchte ich bereits seit dem frühen Abend fieberhaft im Saal nach ihr. Immer wieder glaubte ich sie gefunden zu haben, doch erwies es sich jedes Mal als falsch. Ein Blick in die Augen reichte mir, um zu erkennen, dass sich hinter der

Maske nicht die richtige verbarg. Der König kam erst kurz vor Mitternacht in den Saal. Bis zuletzt hatte man versucht, ihn davon abzuhalten. Lächelnd, nur von seinem Adjutanten, Graf von Essen begleitet, durchschritt er den Saal. Die Anwesenden teilten sich, sodass ein Gang für ihn entstand. Doch in der Mitte, wenige Schritte von mir entfernt, umringten ihn plötzlich einige Maskierte. Einer klopfte ihm auf die Schulter und sagte ‚God natt, mask‘. Ehe sich alle darüber wundern konnten, hob hinter dem König einer der Anwesenden die Pistole und schoss. Der König brach zusammen, alles schrie und kreischte und in dem Durcheinander konnte der Schütze entkommen. Nicht für immer, man fasste ihn später, aber für den Augenblick war er fort. Ich lehnte an der Wand und bekam kaum noch Luft. So etwas hatte ich bisher nur einmal erlebt, damals in Rom, als ich im Petersdom einen Mord mit ansehen musste, bei dem der Mörder seelenruhig neben seinem Opfer stand, weil er wusste, dass er dort nicht verhaftet werden durfte. Aber diesmal war es schlimmer. Dieser Schuss hatte nicht nur den König getötet, der meiner Kunst so zugewandt war, er hatte auch die Hoffnung zerstört, dass ich jemals die Dame mit den grünen Augen wiedersehen würde.“

„Habt Ihr sie wiedergesehen?“

„Nicht an diesem Tag und nicht in den folgenden Monaten. Als ich aber im Dezember auf dem

Krankenbett lag und der Tod schon seine Hand nach mir ausgestreckt hatte, da erschien sie eines Nachmittags bei mir. ‚Du Armer', sagte sie, ‚es war uns nicht vergönnt, uns noch einmal zu treffen. Wisse, dass ich kurz vor dem verhängnisvollen Schuss dicht hinter ihm stand und schon die Hand ausgestreckt hatte, um ihn zu berühren, denn in fieberhafter Suche war Er schon mehrfach an mir vorbeigelaufen, ohne mich zu erkennen. Doch nach dem Schuss war ein Treffen nicht mehr möglich. Schon Sekunden danach hatte man mich weit von ihm fortgerissen.' Ich richtete mich mühsam in meinem Krankenbett auf. ‚Und in den Tagen, Wochen, Monaten danach? Da war kein Treffen oder wenigstens eine Nachricht möglich?' Sie drückte mich sanft in die Kissen zurück. ‚Nein, das war nicht möglich', sagte sie. ‚Und glaube Er mir, ich habe nach Gelegenheiten dazu gesucht. Aber ich war nicht ständig in Stockholm, sondern auf dem Gut der Familie in Upsala und nach diesem Attentat ließ man mich nicht mehr an den Hof, mit Ausnahme an dem Tag, als man Jacob Johan Anckarström, den Attentäter enthauptete.' ‚Das habe ich mir nicht angesehen', sagte ich erschüttert. Sie legte mir ihre Hand auf die heiße Stirn und kam dicht an mich heran, sodass ich ihre Augen deutlich sehen konnte. Dieses Grün durchflutete und durchleuchtete mich und gab mir Zuversicht für den letzten Gang. Nun konnte der Tod kommen. Ich weiß nicht, wann sie gegangen ist. Ich weiß noch nicht einmal, ob diese letzte Begegnung Wirklichkeit war, aber ich starb in Frieden mit mir selbst am 15. Dezember des Jahres 1792."

Er trank sein Glühwein aus, drückte mir das Glas in die Hand und sagte: „Danke fürs Zuhören. Und nicht vergessen: Flöte für den ersten Satz, keine Oboe! C-Moll ist übrigens eine gute Wahl". Dann wandte er sich um. Ich stand mit den zwei Gläsern da und wollte ihm noch etwas nachrufen, da klopfte mir jemand auf die Schulter.

„Trinkst Du jetzt schon beidhändig?"

Meine Frau war wie vereinbart und pünktlich zurückgekehrt.

„Wie? … Nein! Nur eins ist von mir … Das andere … du glaubst nicht, wen ich getroffen habe. Hör zu …"

„Erzähl es mir später. Ich friere. Komm zum Auto und dann ab nach Hause!"

Joseph Martin Kraus

wurde als Sohn eines kurmainzischen Beamten am 20. Juni 1756 in Miltenberg am Main geboren. Die ersten Lebensjahre verbrachte er in Amorbach, wo der Vater eine Stelle als Stadtschreiber einnahm, bevor er in Buchen die Stellung eines kurmainzischen Amtskellers bekam. Die musikalische Begabung von Joseph Martin wurde bereits in der Schulzeit entdeckt. Ab 1768 besuchte er in Mannheim das Jesuitengymnasium und das Musikseminar. Auf Wunsch des Vaters studierte er in Mainz, Erfurt und Göttingen Rechtswissenschaften. Nachdem der Vater in einem Verleumdungsprozess zunächst strafversetzt wurde, brach der Sohn das Studium ab, weil er an der staatlichen Rechtsordnung zweifelt, und widmete sich ganz der Musik.

Ein Kommilitone aus Göttingen empfahl ihm Schweden, weil der König Gustav III. als kunstsinnig bekannt war. Am 26. April 1778 verließ Joseph Martin Kraus Deutschland. Es dauerte jedoch drei Jahre, bis er sich in Stockholm durchgesetzt hatte. Mit der Oper „Proserpin" im Jahr 1781 hatte er endlich Erfolg. König Gustav III. gewährte ihm ein jährliches Gehalt von 300 Dukaten und schickte ihn auf eine Reise durch Europa, um die europäischen Theater zu studieren. In Wien lernte er Joseph Haydn und Christoph Willibald Gluck kennen, die er verehrte und von denen er ebenfalls gewürdigt wurde. Seine Reise führte ihn anschließend über Triest und Venedig nach Rom. Von dort reiste er nach Paris, wo er sich zwei Jahre aufhielt. In dieser Zeit machte er auch einen Abstecher nach London. Vor seiner Rückreise nach Schweden traf er im August 1786 seine Eltern und Geschwister ein letztes Mal. 1787 wurde er in Stockholm zum Ordinaiie Capellmästare und zum Direktor der Königlichen Musikakademie ernannt. Während eines Maskenballes im März 1792 wurde der König Opfer eines Attentats. Kraus, der mit dabei war, erschütterte dies stark. Da er ohnehin seit seiner Studentenzeit an der Tuberkulose litt und ihn die Anstrengungen um die Trauerfeierlichkeiten für den König sehr mitnahmen, starb er am 15. Dezember 1792 in Stockholm.

Joseph Martin Kraus wurde in Schweden nie vergessen. Seine Musik blieb immer präsent und wurde gespielt. Im restlichen Europa hatte man ihn jedoch bereits zu Lebzeiten kaum wahrgenommen. Erst ein Urenkel seiner Schwester, Karl Friedrich Schreiber, entdeckte in dem auf ihn überkommenen Nachlass Briefe und Tagebücher, widmete sein Leben der Erforschung seines Vorfahren und legte im Jahr 1928 eine heute noch gültige Biografie und ein erstes umfangreiches Werkverzeichnis vor (Biographie über den Odenwälder Komponisten Joseph Martin Kraus, Buche 1928, Neuauflage Buchen 2006, ISBN 978-3-923699-26-1). In Buchen ist im Bezirksmuseum eine umfangreiche Ausstellung zu

Leben und Werk von Joseph Michael Kraus einge-
richtet. Auf dem Tonträgermarkt sind heute zahl-
reiche Einspielungen – Sinfonien, Klavierwerke,
Opern, Kammermusik – von ihm erhältlich.

Anmerkungen

Die Erzählung „Veits Verleugnung" erschien erstmals in der Zeitschrift ARCANA No. 23 / November 2016 (Lindenstruth Verlag).

ÜBER DEN AUTOR

Horst-Dieter Radke, Jahrgang 1953 wollte Cowboy, Archäologe, Lehrer und zuletzt Musiker werden. Sein Interesse an den »Elektronengehirnen« der 60er Jahre führte ihn dann aber in die Wirtschaftsinformatik. Zum Cowboy hat es nie gereicht, die Archäologie konnte aber durch die Teilnahme an einer Ausgrabung im Taubertal zumindest kurzzeitig erlebt werden. Das Studium der Betriebspädagogik an der Uni Koblenz-Landau streifte den »Lehrer« wenigstens am Rande und die Musik begleitet ihn sein ganzes Leben als Hobby. Er schreibt seit mehr als 40 Jahren, seit mehr als 15 Jahren ist er ausschließlich als Autor und Lektor freiberuflich tätig und lebt seit fünfunddreißig Jahren mit seiner Familie im Taubertal. Über seine Wahlheimat hat er mehrere Bücher veröffentlicht, außerdem Krimis, Novellen, auch Lyrik in diversen Periodika. Mit der Bielefelder Kollegin Monika Detering schreibt er Inselromane und Krimis, die in den 1950er Jahren spielen. Er ist Mitglied bei der Schriftstellervereinigung 42er Autoren e.V., sowie beim Syndikat, der Vereinigung deutschsprachiger Krimiautoren.

www.hd-radke.de

Lora lebt im Dorf als Frau des Schmieds in ständiger Angst vor dem Wald. Nicht einmal durch Schläge lässt sie sich dazu bringen, zum Holz sammeln in den Wald zu gehen. Dann greifen die fürchterlichen Meerleute an und metzeln die Dorfbevölkerung nieder. Wer kann, flieht in den Wald. Lora wird mitgeschleppt und findet sich plötzlich dort wieder, wo sie nie hinwollte. Auch zu den Meerleuten wollte sie nie und doch ist sie es, die diesem barbarischen Volk Hilfe bringen

Erschienen in der Reihe BunTES Abenteuer, Erfurt (https://tes-erfurt.jimdo.com/buntes-abenteuer/) und als kindle eBook bei Amazon.